来时的路

亲历者讲述红色故事

胜利到陕北

刘 震 等◎著

史延胜 多保民 赵进军◎编

中国文史出版社

图书在版编目（CIP）数据

胜利到陕北／刘震等著；史延胜，多保民，赵进军编 . -- 北京：中国文史出版社，2024.7
（来时的路：亲历者讲述红色故事／朱冬生主编）
ISBN 978 - 7 - 5205 - 4695 - 9

Ⅰ . ①胜… Ⅱ . ①刘… ②史… ③多… ④赵… Ⅲ .
①革命回忆录 - 作品集 - 中国 - 当代 Ⅳ . ①I251

中国国家版本馆 CIP 数据核字（2024）第 101970 号

责任编辑：金　硕

出版发行：中国文史出版社
社　　址：北京市海淀区西八里庄路 69 号　　邮编：100142
电　　话：010 - 81136606/6602/6603/6642（发行部）
传　　真：010 - 81136655
印　　装：廊坊市海涛印刷有限公司
经　　销：全国新华书店
开　　本：700mm×1000mm　1/16
印　　张：15.75
字　　数：151 千字
版　　次：2025 年 1 月北京第 1 版
印　　次：2025 年 1 月第 1 次印刷
定　　价：69.00 元

丛书编委会

总 主 编　朱冬生

执 行 主 编　史延胜　金　硕

执行副主编　吕　鹏　任德才　左厚锋

编　　　者　庞召力　孙召鹏　丁　伟　杨顺雨

　　　　　　彭　曾　倪慧慧　冯长青　牛胜启

　　　　　　冯华安　刘英芳

出版说明

选题缘起

一是贯彻落实习近平总书记提出的"要讲好党的故事、革命的故事、根据地的故事、英雄和烈士的故事,加强革命传统教育、爱国主义教育、青少年思想道德教育,把红色基因传承好,确保红色江山永不变色"重要指示精神,深入挖掘红色资源,丰富精神宝库。"采取青少年喜闻乐见、易于接受的形式",讲好"四个故事"、加强"三个教育",以高度的历史自觉培育有理想、有本领、有担当的时代新人。抚今追昔、鉴往知来,不忘初心、牢记使命,始终牢记"我们走得再远都不能忘记来时的路",让信仰之火熊熊不息。

二是引导人们树立正确的历史观。中国共产党百年非凡奋斗历程为我们留下了丰厚的精神遗产,随着时间的推移,现阶段人们尤其是年青一代对当年那一段血与火的历史已渐感陌生；网络时代媒体传播的多元化，极大丰富了人们的信息资源，但在一定程度上也干扰了人们对历史的正确认知，特别是关于党史和军史，存在不准确甚至不正确的史料传播。本丛书旨在通过收集和整理史料，让历史说话，用史实发言，为人们树立正确历史观提供翔实资料。

三是文史资料再开发的尝试。现存的权威军史资料大都时日已长，为防止宝贵的红色资源湮没在历史尘埃中，迫切需要对其进行深度挖掘、梳理整合，以"亲历、亲见、亲闻"的"三亲"史料的形式，让红色资源以新的体系、新的样态呈现在世人面前，更好地发挥教育功能。

编选原则

一是坚持正确的政治立场。牢牢坚持党性原则，牢牢坚持马克思主义新闻观，牢牢坚持正确舆论导向，牢牢坚持正面宣传为主。

二是主题鲜明。丛书反映了中国共产党团结带领中国人民，以"为有牺牲多壮志，敢教日月换新天"的大无畏气概，书写了中华民族几千年历史上最恢宏的史诗；展现了坚持真理、坚守理想，践行初心、担当使命，不怕牺牲、英勇斗争，对党忠诚、不负人民的伟大建党精神。

三是史料权威。丛书内容来源于《中国人民解放军历史资料丛书》《中国抗日战争军事史料丛书》《中国工农红军长征史料丛书》所收录的文章及老一辈革命家的回忆录等。涉及党内路线斗争的题材概不收入；涉及犯有重大错误的人员的情况只做客观描述，不做评述；理论性较强，不便于一般读者理解的文章慎重选录。

四是注重"三亲"性。所选文章紧扣"亲历、亲见、亲闻"的特点，内容感人至深、思想丰富深刻、语言通俗易懂，为加强红色资源的故事化提供生动范例，做到知识灌输与情感培养并举。

卷册专题划分

一是在纵向上按照中国革命的历史进程，讲述了土地革命战争时期、抗日战争时期、解放战争时期及新中国成立初期的党史和军史故事。

二是在横向上各个历史时期再按区域或按部队序列进行分述。如土地革命战争时期的各地武装起义，按照当年武装起义比较集中的地区，如湘赣、湘鄂西、鄂豫皖、苏浙闽沪、陕甘等分别编辑成册。抗日战争时期，按照八路军第一一五师、第一二〇师、第一二九师、新四军、华南抗日游击队、东北抗日联军等分别编辑成册。解放战争时期，按照第一、第二、第三、第四野战军和华北军区部队，以及剿匪斗争、策动国民党军起义投诚等分别编辑成册。后勤工作、军队院校等特殊领域，单独成册。

　　囿于文史资料的自身特点，作者个人身份立场、视野角度不同，一些人撰稿时年事已高、事隔经年，记忆恐有偏差，细节难求完全准确，有意偏重或弱化亦难避免。对此，我们力求维持原貌，体现多说并存，只对一些显而易见的讹误进行了谨慎订正。诚然如此，由于我们能力水平和主客观条件的限制，难免有疏漏之处，恳请广大读者批评指正！

编　者

2024 年 6 月

　　1931 年 10 月，中国工农红军第二十五军诞生于鄂豫皖革命根据地，隶属中国工农红军第四方面军。1932 年 10 月，红二十五军随红四方面军主力西征以后，鄂豫皖苏区的斗争形势十分严重，敌人集中 10 个师的兵力，企图彻底消灭红军，摧毁苏区。中共鄂豫皖省委为扭转危局，于 1932 年 11 月 29 日，在黄安召开军事干部会议，决定重建红二十五军，作为坚持斗争的骨干。红二十五军从 1932 年 11 月到 1934 年 11 月经过三次重建，在极其困难的条件下，坚持游击战争，同大于自己几十倍的敌人进行了英勇的斗争，粉碎了敌人三个月"完全扑灭，永绝后患"的企图，配合了全国的革命斗争。1934 年 11 月，根据中革军委指示，红二十五军毅然高举"中国工农红军北上抗日第二先遣队"的旗帜，实行战略转移，转战陕南，创建了鄂豫陕革命根据地。他们在与党中央失去联系的情况下，孤军远征十个月，艰苦转战万余里，于1935年9月到达陕西省延川县永坪镇，与陕北红军胜利会师，成为长征中最先到达陕北的红军队伍。红二十五军与陕北红军并肩战斗，为迎接中共中央和中央红军在陕北建立革命大本营奠定了基础。本书收录的文章主要围绕红二十五军坚持鄂豫皖根据地的斗争、长征及到达陕北后巩固发展陕北根据地展开，真实记录了广大指战员在党的坚强领导下，面对国民党军队的重兵追堵和各种险境，毫不退缩，取得了一系列生死之战的胜利。同时，艰苦卓绝的斗争历程，也使红二十五军锻炼成长为一支政治坚定、作战英勇、不怕艰难困苦、密切联系群众、特别善于进行游击战和游击性运动战的部队。

目　录

红二十五军创始人吴焕先[*]

韩先楚 刘 震

　　吴焕先同志 1907 年生于湖北省黄安县（今红安县）四角曹门，1926 年加入中国共产党，曾参加领导著名的黄麻起义，是鄂豫皖革命根据地和红四方面军创始人之一。1930年后，历任中共黄安县委书记、鄂豫皖特委委员、鄂豫皖省委委员、红四军十二师政治部主任、红二十五军七十三师政治委员、红四方面军政治部主任等职。

　　1932 年红四方面军撤离鄂豫皖时，吴焕先留任鄂东北游击总司令部总司令。他根据省委决定主持重建红二十五军，先后担任军长、军政治委员。面对数十万敌军一次又一次的残酷"围剿"，在极其艰难困苦的岁月里，他领导红二十五军和地方军民坚持鄂豫皖革命根据地，进行了艰苦卓绝的斗争。

---

　　* 本文节选自《配合红军主力北上，先期到达陕北》，原标题为"沉痛怀念红二十五军创始人——吴焕先同志"，收录时做了适当修改。

1934 年冬，红二十五军奉党中央指示实行战略转移。在创建鄂豫陕根据地初期，省委书记徐宝珊身患重病，军长程子华、副军长徐海东在庾家河战斗中均负重伤，吴焕先主持全面工作，独挑重担，为开辟创建鄂豫陕革命根据地和红二十五军的发展壮大，以及粉碎敌人两次重兵"围剿"，做出了重大贡献。

他以胸怀全局的革命胆略，坚决果断、及时正确地确定红二十五军西征北上的战略决策。他具有高尚的革命品质、坚强的斗争意志、卓越的战略远见和领导才能，他是全军公认的杰出领导者。他作战英勇，身先士卒，临危不惧，指挥若定，在几次生死存亡的恶战中屡建奇功，使部队摆脱困境，转败为胜。他以身作则，严于律己，密切联系群众，与战士同甘共苦，深为全体指战员所爱戴和敬佩，在部队中享有崇高的威信。他善于独立思考，注重斗争实践，对党和革命事业怀有一颗忠贞不渝之心！

西征北上途中，吴焕先同志十分关切中央红军和红四方面军行动的消息，以及川陕甘边的战事动向。自从与党中央失去联系之后，他随时都在寻找党中央。部队到达陕南时，他曾几次给红四方面军和川陕省委写信，试图与党中央沟通联系，但都没有成功。他多次讲过，消灭敌人一个团不如缴获一部电台，有了电台就可以设法与党中央取得联系，及时得到党中央的指示。

为了向党中央报告情况，从沣峪口出发的第二天，他连夜写了一份《关于红二十五军的行动、个别策略及省委工作情况的报告》，长达8000多字，末尾注有"7月17日夜，下3点半"。报告写成之后，他连同省委关于创建鄂豫陕新区的决议文件，一并交由石健民呈报中央，请求中央予以审查。打下双石铺以后，他根据敌少将参议的口供和《大公报》上的几则片段消息，认真加以分析研究，及时做出策应红军主力北上的行动决策。据此，他向部队提出"迎接党中央"和"迎接红军主力"的战斗口号，进一步激发了全体指战员的斗志，全军上下拧成一股劲儿，决心以实际行动迎接党中央和红军主力的到来!

从终南山下到陇东高原，吴焕先同志一路上的所作所为都给我们留下极其深刻的印象，使人终生难忘。部队每经过一地，他都深入调查研究，根据不同地区的民情风俗，适时地提出一些新的政策、纪律规定，教育指战员严格遵守，切实做到秋毫无犯。牲口吃了农民的庄稼，他也要求当面赔礼道歉，按价补偿损失。

记得路过留坝县庙台子时，部队住宿在张良庙内，烧火做饭，弄得到处都是柴草烟灰，纪律也不太好。他当即把有关单位领导召集起来，进行批评教育，要求整理好庙内卫生。当时，他听说军供给部把庙内的一对铜鹤收藏了起来，准备带走留作供给经费之用，便立即找供给部领导，让其把铜鹤送回原处。他语重心长地说："这对铜鹤是很值钱，但它是庙内的文物，再值钱，我们也不能拿走，更不能变卖！'雁过留声，人过留名'，我们从此路过一回，拿走了留侯祠的文物，将会落下个千古骂名。我们红军队伍再穷再苦，都不能做出这种遭人唾骂的事，落下个盗卖文物的罪名！"他还讲了西汉名士张良的故事，介绍了几块明清两代名人的留题碑刻，要求部队爱护名胜古迹，对庙内的一切陈列物品都不得随便挪动。指战员都很敬佩吴政委的做法，临走时把庙内收拾得干干净净，僧俗游人们无不交口称赞。

在进入回民聚居的兴隆镇之前，吴焕先同志深入了解回民地区的社会情况，结合当地回族的宗教信仰和风俗习惯，及时制定了"三大禁令、四项注意"，对部队进行党的民族政策教育，严格要求部队贯彻执行，不得违犯。

到了兴隆镇以后，吴焕先又邀请几位颇有名望的人士和清真寺的阿訇到军部做客交谈，他说："我军进驻兴隆镇，一不向你们派捐款，二不向你们催粮草，三不拉你们的民夫壮丁。大家尽管放心，红军决不骚扰老百姓。我们也不在此地停留，稍做休整之后，很快就走！"随后又讲了共产党的抗日救国主张和红军的政策纪律。第二天，他还跟其他几位领导同志一起，在军号、锣鼓、鞭炮声中拜访了清真寺，并赠送了匾额和礼品。当时，马青年等六七个回族子弟，自动参加了红二十五军。"红军好"的消息不胫而走，很快传遍了陇东高原。

在抢渡泏河的战斗中，吴焕先同志亲自带领后卫掩护部队渡河，身负重伤不幸牺牲。吴焕先与红二十五军，就像一缕贯穿始终的红丝线，抽不完也扯不断。吴焕先同志牺牲以后，当时就葬于他牺牲时的汭河南岸的郑家沟，坟墓随后遭到敌人毁坏。

吴焕先同志的英名将与日月同辉，永垂青史！

战斗在皖西北的红二十七军[*]

郭述申

1932 年 9 月，蒋介石集中 30 万兵力以齐头并进、稳扎稳打的战术，对鄂豫皖苏区进行残酷"围剿"。由于张国焘盲目轻敌，没有进行反"围剿"的准备，红四方面军主力在鄂豫边虽经几次恶战，终未能改变被动局面，遂向皖西北地区转移。

当时，我任中共皖西北道委书记。皖西北根据地的形势也很严重，敌人步步向根据地中心区进逼。按照中共鄂豫皖中央分局和鄂豫皖省委的部署，我们撤出麻埠向西南转移。当我们行到西界岭时，与率领第七十九团掩护主力转移的东路游击司令员刘士奇和红二十七师师长徐海东会合。这时，我接到张国焘派人送来的一封信，他以分局名义，要我负责组织中共鄂皖工作委员会，统一领导鄂皖边

---

* 本文原标题为《回忆战斗在皖西北的红二十七军》，收录时做了适当修改。

区的斗争。

10月1日，我和刘士奇、徐海东等带领部队和道委机关到达英山县金家铺地区，这里聚集着2万多名地方干部、"跑反"群众和红军伤病员，他们是跟随红四方面军向鄂东北转移时被敌人堵截下来的。当天，我们在英山县土门潭开会，认为敌人必然是派重兵到鄂东北"追剿"红四方面军主力，因此我们要向皖西地区活动，以牵制敌人，并掩护2万多名地方干部、群众和伤病员安全转移。会议根据分局指示，成立了中共鄂皖工作委员会，我任书记，并决定将聚集在金家铺一带的红军和地方武装统一编成红二十七军。

10月2日，在金家铺的河滩上召开红二十七军成立大会，皖西北道委机关和道区军事指挥机关改为红二十七军军部机关，军长刘士奇，我任政治委员，副军长吴保才，政治部主任江求顺，下辖第七十九师、八十一师，全军4500余人。在斗争形势十分危急的关头成立的红二十七军，把皖西分散的武装统一起来了，对于团结和鼓舞群众继续坚持鄂豫皖苏区的革命斗争，钳制敌人，配合主力红军开展反"围剿"斗争，具有重要的作用。

红二十七军成立后，很快吸引钳制了"围剿"苏区之敌6个多师的兵力，减轻了对红四方面军主力转移的压力。敌人向红二十七军合围而来时，我们决定跳出敌人的合围圈，向太湖、宿松方向前进。10月9日，红二十七军到达宿松县趾凤河以东的栗树嘴、苗家垄遭敌第四十六师2个团堵击，第七十九师师长徐海东率1个团迂回至敌人侧后，其他各团从正面发起进攻，使敌军陷入混乱，其他各团乘势向敌人发动猛攻，激战至下午4点多，毙伤俘敌约1个团。随后，我军撤至趾凤河南北一线，控制叫雨尖、白崖寨等制高点，防敌反扑。10日，敌第三十二师及宿松县反动武装陈金旺"猎虎队"从陈汉沟方向追来，占领了趾凤河西南的云天岭等制高点，并向我叫雨尖等一线阵地发起攻击。敌第四十六师2个团也纠集残部，从趾凤河以东向我军进攻。我军腹背受敌，我们决定先顶住敌人，待天黑后再转移。激战至黄昏，我军主动撤出战斗，乘夜暗向太湖县弥陀寺方向前进。10月中旬，我军转向东北，经店前河、河图铺，行至潜山县徜前以东的一条山沟里，遭敌第五十四师堵击。军长刘士奇当机立断，命令部队迅速抢占徜前东侧几个山头，抗击敌人的进攻，同时立即组织群众火速转移。我军与数倍之敌激战三个多小时，反复冲杀十多次，终于打退了敌人。

在这半个多月中，我们最感棘手的是随军"跑反"的群众，他们人多，又无组织，部队行动时，他们漫山遍野跟着走；遇到敌人时，又到处乱跑，有时把部队都插乱了。部队只好边作战，边掩护群众，艰难地前进着。

我军越过徜前，拟北渡潺河，返回皖西北根据地。行至头陀时，遭敌第三十二师截击。因前卫第三团战斗失利，全军遂折转向东，继续在外线转战。10月24日到达官庄地区，全歼敌第三十二师1个营。此时敌第三十二师分头对我追堵，我军星夜向桐城县土岭方向转移。行至土岭，先我到达的敌第三十二师已布好阵势，追敌也紧跟而来。我军只能进不能退，全体指战员一鼓作气，冲破敌人的堵截，直插桐城县大沙河边。过河后，第一团占领河东岸有利地形，架起机枪，隔河与追敌展开激战，敌人数次企图抢渡大沙河，都被打退。下午4点，敌人停止攻击，我军遂撤出战斗。大沙河战斗后，我军经舒城县晓天镇、六安县毛坦厂附近，于11月初到达霍山县三里店。在这里召开了中共鄂皖工委会议，决定渡过淠河，返回皖西北根据地。

11月6日晨，我军到达磨子潭附近淠河东岸。敌第三十二师九十四旅已经占据河西岸的大小山头，控制了黑虎山制高点，堵住我军的去路。尾追之敌第四十七师也跟踪而至，占领我军来路上的两侧山头，切断我军退路。我军被压在河川峡谷里，情况异常紧急，军长刘士奇决定立即突围。第七十九师一团在师长徐海东带领下，冒着敌人的密集火力，强渡淠河，向黑虎山发起冲击，用刺刀和手榴弹杀出一条血路。然而，突破口很快又被敌人封锁，徐海东带领突击队再次进攻。同时，我们命第三团团长程启波率领突击队从敌侧翼设防薄弱的几米高的陡壁攀登上去，向敌发起突袭。我们率后续部队乘势冲入敌阵，立时敌人大乱，纷纷溃逃。我军胜利突出重围，经大化坪、漫水河到达西界岭进行休整。11

月 14 日，我军到达根据地边缘吴家店地区，敌第三十二师和第四十七师也尾追而至。我们决定在吴家店以东包畈占领有利地形，构筑工事，阻击敌人，经三昼夜激战，我军打退数倍于我之敌的多次凶猛冲击，胜利进入皖西北根据地。

皖西北根据地在敌人第四次"围剿"中损失很大。我们决定副军长吴保才、政治部主任江求顺率领第二团留下来恢复和坚持皖西北根据地的斗争，军长刘士奇和我率领第一团、三团及掩护主力转移后留下来的红二十五军第二二四团赴鄂东北找省委。

我军在赴鄂东北途中，于商城县新店子夜袭顾敬之反动民团，毙伤团匪 200 多名。这一仗很鼓舞士气，而且表现了刘士奇军长的高超指挥艺术。我和士奇同志相处时间虽然不长，但他给我的印象很深。他原任红四方面军政治部主任，方面军转移时，他留下来任东路游击司令员，继续坚持根据地的斗争。他既能做政治工作，又能指挥打仗，是我党的优秀党员，不幸的是后来在"肃反"中被加上"莫须有"的罪名杀害了。

我军一路转战，于 11 月 24 日在七里坪附近找到中共鄂豫皖省委。省委根据斗争形势的需要，决定将红二十七军第一团恢复为红二十七师第七十九团，第三团归红二十七师指挥，第二二四团归建第七十五师，红二十七军番号撤销。

红二十七军成立时间不长，但经历了大小战斗数十次，歼敌近 4000 人，转战 10 多个县，行程 1000 多公里，有效地打击了敌人，保存了数千人的武装力量，为鄂豫皖苏区第四次反"围剿"斗争做出了应有的贡献。

红二十五军重建初期的
反"围剿"斗争

刘华清　王诚汉　张池明

1932 年 10 月，红四方面军主力撤离鄂豫皖苏区后，敌人除以 10 多万兵力追击方面军主力外，仍以约 20 万兵力继续对鄂豫皖苏区进行"围剿"，企图于 12 月 15 日前彻底消灭留在鄂豫皖的红军，摧毁鄂豫皖苏区。

红四方面军主力转移时，留在苏区坚持斗争的部队有红二十五军军部特务营、第七十五师、第二十七师和中共鄂皖工委新组建的红二十七军的 2 个团，总共为 7 个主力团 1 万余人，地方部队有 1 万余人，此外还有大批红军伤病员。当时，在无统一领导的情况下，分散于各地坚持斗争。由于力量分散，不能有效地大量消灭敌人，迫切需要重新组建一支主力红军。

11 月 29 日，中共鄂豫皖省委在黄安檀树岗召开军事会议，决定将根据地各红军主力团统一组织起来，重新组建中国工农红军第二十五军，坚持鄂豫皖苏区的斗争。30 日，在檀树岗村南的河滩上召开大会，宣布新的中国工农红军第二十五军成立，军长吴焕先、政治委员王平章，下辖第七十四师、七十五师，全军约 7000 人。

红二十五军重建后，立即成为敌人"围剿"的重点。1932 年 12 月 12 日，敌人采取"进剿"和"驻剿"相结合，以"驻剿"为主的手段，发动了大规模的划区"清剿"。中共鄂豫皖省委和红二十五军于 12 月 30 日在麻城大畈召开紧急会议，针对敌人以"驻剿"为主，机动兵力相对减少的情况，决定红二十五军以师为单位分散活动。随后，第七十四师、七十五师分别活动于麻城和黄安以北地区，迫使敌人不敢以小股兵力进行"清剿"，只能集中兵力驻在较大的据点里，使红军有了较大的回旋余地，反"清剿"斗争取得了初步成效。

至 1933 年 3 月初，为打破敌人的大规模划区"清剿"，军领导决定集中兵力统一行动，在运动中捕捉和创造战机，寻歼孤立薄弱或突出冒进之敌。3 月 4 日，敌第三十五师一〇三旅二〇五团、第一〇四旅二〇七团进驻郭家河。3 月 5 日夜，红二十五军连夜向郭家河开进，6 日拂晓到达郭家河东南戴家岗一带，吴军长命令第七十四师以第二二〇团及军部特务营迂回到郭家河东北方向实施主攻，第二二二团从郭家河以南及西南实施攻击，周围山头上的地方武装、游击队和群众呐喊助威，红军勇猛冲杀，此战红军以伤亡 30 余人的代价歼敌 2 个团。随后又打了几个胜仗，使红二十五军掌握了主动权。

4 月初，在皖西北活动的红二十八军也转战到大畈地区，红二十八军是 1933 年 1 月初由红二十五军抽调部队组成的，两军会合后，将红二十八军主力编为红二十五军第七十三师，使红二十五军的力量得到了加强。

为了恢复黄安以北地区，红二十五军西进至郭家河。当夜，红二十五军隐蔽进抵黄石岩附近，罗山独立第六师也迫近了鸡公寨，第七十三师趁漫天大雾，以迅速勇猛的动作，首先攻占黄石岩制高点，而后配合第七十五师将敌第七十八团全部压在河边狭窄地段上，经反复冲杀，将敌大部歼灭。敌第七十六团 2 个营渡河救援，红军主力遂转攻敌第七十六团渡河部队，予以迎头痛击。敌仓皇回窜，时逢狂风暴雨突然袭来，河水陡涨，敌被淹死者甚多。

红二十五军虽然接连取得一系列战斗的胜利，使敌人的大规模划区"清剿"破产，但并没有打破敌人的第四次"围剿"，鄂豫皖苏区的斗争形势仍然是严峻的。中共鄂豫皖省委在战斗胜利影响下，错误地估计了当时敌我形势，盲目地执行"左"倾冒险主义的军事战略方针，于 5 月初做出了实施七里坪战役的决定。

夺取七里坪，在当时是不具备条件的。这时的敌情仍然很严重，敌人"围剿"的总兵力有 15 个师又 4 个旅，加上民团等反动武装，超过红军近 20 倍。整个鄂豫皖苏区敌强我弱的形势并无改变，敌人占领着根据地的全部城镇，控制着大部分农村及所有交通线，继续采取"筑碉修路""稳扎稳打"以及"驻剿"与"追剿"相结合的作战方针，加紧对苏区实行摧残。潘家河战斗后，敌人重新调整了黄安、七里坪等地的兵力部署，而这时红军虽然经过整编，红二十五军已下辖第七十三师、七十四师、七十五师，全军共12万余人，但红军既没有围攻和阻击援敌的足够兵力，又没有攻击坚固设防据点的重武器装备及攻坚经验。此外，鄂东北苏区屡遭敌人摧残、洗劫，元气还未恢复，人力、物力、财力等均十分困难。特别是正值青黄不接之时，群众生活极为困苦，红军给养亦无保障。另外，七里坪位于黄安县城以北20公里处，是鄂东北地区的重要集镇，其南面大小悟仙山是突出的制高点，西、北两面有倒水河作为自然屏障，自1932年12月敌人占领七里坪后，即在其周围修筑碉堡、围墙，挖堑壕，设置鹿寨、铁丝网，构成了坚固的防御体系。由此可见，红二十五军要夺取七里坪是不可能的。

5月2日夜，红二十五军进入指定位置构筑工事。4日晨，敌人一部在火力掩护下攻入第七十三师前沿阵地，经激战后被击溃。此后，红军虽然数次向敌坚固设防的前沿阵地勇猛攻击，但是既未能占领敌人阵地，又未能予敌以大的杀伤。战役期间，敌人又调整、增加了兵力。双方形成了对峙状态。在这种情况下，徐海东等曾提出撤围的意见，但都被省委强调执行中央指令而否决，结果使红二十五军陷入困境。

  战役开始半个月，红军就断了粮。群众将自己仅有的一点粮食，一碗一斗地拿出来支援红军，仍不能解决红军的粮食问题。后来，根据地内实在弄不到粮食，只有抽派战斗部队和地方武装远出筹粮，即使搞到一点粮食，带回来也无济于事，有时也派出部队去截获敌人的运输给养，在激烈战斗中部队常常受到很大伤亡，但每次所获不多，难以解决大部队的需要，各部队只好以野菜、树叶充饥。到6月中旬，红军由于断粮饥饿，长期露宿，疾病蔓延，死者日增，再加战斗伤亡，部队减员近半，剩下的6000余人，体质极度虚弱。且经过一个多月的战斗，仅有不多的弹药几乎耗尽，部队战斗力已受到严重损失。在此严重形势下，省委才不得不决定撤围。6月13日，红二十五军全部撤出阵地。

  七里坪战役的失败，使红二十五军陷于极为困难的被动地位，致使鄂豫皖苏区第四次反"围剿"斗争失败。但是，失败了，再斗争！红二十五军经过休整，又投入了新的战斗。

第五次反"围剿"中的红二十五军

刘　震　陈先瑞

　　1933 年 6 月，以刘镇华为首的国民党豫鄂皖三省边区"剿匪"总司令部，调集 14 个师又 4 个旅共 10 万余人，部署了对鄂豫皖苏区的第五次"围剿"，以潢（川）麻（城）公路为界，将鄂豫皖苏区划分为东西两区，企图先由西区入手，寻红二十五军主力而全力歼灭之，而后再转移兵力"围剿"东区。

　　当时，中共鄂豫皖省委已发觉敌情有很大变化，但是并没有认识到这就是对鄂豫皖苏区的第五次"围剿"。7 月初，省委在太平寨召开第二次扩大会议，仍根据中共临时中央 1933 年 3 月 15 日给鄂豫皖省委的指示信中"要抓住目前的顺利环境，集中我们的军事以及一切党的群众的力量来首先恢复和巩固以黄麻为中心的鄂东北苏区"，"夺取与巩固过去失去的主要阵地"，"为防御苏区，必须尽其最大的最好的力量"的精神，来分析形势和安排工作，认为"鄂豫皖苏区所处的是非常顺利的客观形势",提出了"保障秋收是鄂豫皖党和苏维埃与红军唯一的任务"。由于省委对斗争形势的错误分析,采取了以内线单纯防御来保卫中心苏区的错误作战方针,因而导致了第五次反"围剿"初期斗争中心区保卫战的接连失败。

鉴于七里坪之战部队损失很大,红二十五军将部队进行了缩编,缩编后的红二十五军辖第七十四师、七十五师,共6个团,6000余人,军长吴焕先、政治委员戴季英、副军长徐海东。

当敌第三十二师、六十四师、六十五师由北向南发动进攻时,红二十五军奉命抵达省委驻地太平寨地区抗击敌人的进攻,虽给敌人以一定的杀伤,但几次战斗都未能将敌击退,又因粮食不济,不得不转移到福田河以北的两路口一带筹集粮食,意在筹得10天左右的粮食,然后再返回中心区作战。而两路口一带山大沟深、地瘠民贫,本没有多少粮食可筹,即使筹得少量的麦豆杂粮,因为缺少碾子、石磨,大多数连队都是煮食没脱壳的麦豆。有的连队没有铁锅,就找来几口瓷缸,就地架火烧煮,麦豆刚刚膨胀开来,还没有完全煮熟,瓷缸就"嘣"的一声炸裂了,战士们只好吃那半生不熟的麦豆粒儿,许多人消化不良,吃下去麦豆粒,拉出来还是麦豆粒。加之部队多在高山野外露宿,白天烈日暴晒,晚间寒冷袭人,雷雨又多,患病者与日俱增。面对这种无粮少米困难重重的情况,省委仍坚持就地斗争的方针,甚至提出了"与土地共存亡"的错误口号。

8月18日，刘镇华调集4个师的优势兵力，再次向红二十五军实行合围。经过几次激战，红军才冲破敌人的合围，于22日转移到太平寨地区。但还没有来得及喘息，敌人又跟追而至，红军遂于26日夜由福田河以南越过潢麻公路，被迫转向皖西北地区。鄂东北中心区保卫战遂告失败。9月5日，红二十五军到达皖西北地区后，还没有来得及休整，即遭到敌人的多路进攻。红二十五军以阵地防御抗击敌人进攻，未能阻止住敌人，被迫于23日撤出汤家汇地区，向南实行转移。皖西北中心区保卫战亦告失败。

9月26日，省委在大埠口召开会议，决定红二十五军由皖西北返回鄂东北。至此，红二十五军战斗减员近3000人，部队又一次进行了缩编，第七十四师编成3个营，第七十五师编为2个团，全军总共3000余人。10月2日，红二十五军在穿越潢麻公路时，遭敌第三十一师两个旅的截击，军长吴焕先、政委戴季英率第七十五师大部及第七十四师一部越过公路，到达鄂东北地区；副军长徐海东率第七十四师大部及全军的行李辎重，被阻于公路以东，遂折至皖西北地区。从此，红二十五军被分割于鄂东北、皖西北两个地区，时间长达半年之久。

红二十五军主力返回鄂东北地区后，继续遭到敌人四个师的进攻，经过几次连续恶战，部队伤亡很大，最后只剩下1000余人，被迫转移到老君山、天台山地区，处境极为艰难困苦。鄂东北地区的对敌斗争形势，面临着严重的危机。

1933年10月16日，中共鄂豫皖省委在黄安紫云寨召开第三次扩大会议，提出了转变斗争方针的问题，决定及时采取游击方式来牵制敌人，消灭敌人，以恢复和巩固苏区。红二十五军从错误和挫折中开始了新的转机，逐渐摸索出一些灵活的作战方法，避免了与敌死打硬拼，积极开展游击战争。

这一时期的反"围剿"斗争是极其艰难困苦的。红二十五军经常活动的老君山、天台山、高山岗、仰天窝、茅草尖、卡房一带，在敌人的反复"清剿"之下已经变成了无人区。有不少山村农民的屋子里都长起了野草。在"山沟山坳是我房，野菜野果当干粮"的艰苦日子里，部队时时露宿荒山野林，指战员大都随身携带镰刀斧头，每到一地都得砍树枝、割茅草、搭窝棚，以避风雪严寒。就连军长吴焕先也是屁股后边挂镰刀，跟战士们一块儿搭窝棚，忍受着饥寒交迫之苦。有时情况紧张时，也只能在寒风冷雨中"怀抱手中枪，背靠大树桩"，就地睡上一会儿，接着又继续行军转战，与敌人进行周旋。严冬时节，部队给养断绝，没有野菜野果做干粮，就挖葛藤根、刨观音土、扒榆树皮充饥。安置在深山密林中的伤病员，没有医药治疗，生活更加难熬，旱烟叶子、南瓜瓢儿、楸树根皮，还有少得可怜的一点食盐，都是难得的药物。敌人三天两头进行搜山烧山，医护人员随时随地都得"挪窝"转移，带领伤病员"打小游击"。环境如此艰苦，斗争这般残酷，但红军指战员的革命斗志是坚定的，情绪也很乐观。当时还传诵着这样一首歌谣："树也烧不完，根也砍不尽。留得青山在，到处有红军。"

1934年1月15日至21日，红二十五军在仰天窝一带活动时，敌军先后以4个团的兵力反复多次对我军进行袭击合围，斗争情势极为严重。军长吴焕先亲自带领1个排的兵力，抢占高地吸引敌人，掩护部队分头实行突围。当部队突围出去后，吴军长指挥身边人员突围时，已陷入一片浓烟烈火之中，与敌人混搅在一起，以大刀厮杀鏖战。蜂拥而来的敌人大喊大叫："抓活的！抓住那个穿大氅的……"有个亡命之徒，猛一把抓住吴军长身上的黑呢大衣，情势危急中，吴军长急忙甩掉身上大衣，把随身携带的一袋银圆撒向敌人，乘敌人争抢银圆之时脱险突围。

仰天窝突围后，红二十五军即插到敌人兵力比较薄弱的罗山与孝感交界地区活动，有时诱敌深入，打敌人的埋伏；有时远程奔袭，打敌民团据点；有时化装奇袭，打敌措手不及。部队时而分散、时而集中，忽东忽西、飘忽不定。由于采取了以游击战为主和密切联系群众的斗争方针，红二十五军坚持了鄂东北地区的反"围剿"斗争，游击战术也得到了锻炼和提高，武器弹药和生活物资亦有所改善，地方武装也有了发展，逐步打开了新的斗争局面。

与此同时，被分割于皖西北地区的红二十五军部分部队，于1933年10月11日改编为第八十四师，同皖西北地区的第八十二师合编为第二十八军，由徐海东任军长、郭述申任政治委员，胜利地坚持了皖西北地区的反"围剿"斗争。

1934年4月16日，红二十五军与红二十八军在商城东南的豹子岩会师。根据省委决定，将红二十八军编入红二十五军，徐海东任军长、吴焕先任政治委员，辖第七十四师、第七十五师，全军共3000余人。同时决定重新组建红八十二师，继续坚持皖西北地区的武装斗争。整编后的红二十五军，于4月18日由皖西北重返鄂东北，并击溃了尾追而来的敌一〇九师2个营，给了从华北调到鄂豫皖的东北军第一次打击。

5月6日，红二十五军在奔赴皖西北地区活动时，以远程奔袭战术，攻占敌第五十四师后方所在地罗田县城，歼敌一部，缴获颇丰。战后，很快又转移到鄂东北地区，先后在凌云寺、茅草尖、彭新店、殷家湾等战斗中，给敌人以沉重打击。这几次战斗的胜利，为在罗山、黄陂、孝感交界地区恢复和开辟根据地创造了有利条件，使红军和地方武装有了回旋立足之地，同时也成为红二十五军后来实行战略转移的准备出发地。

就在这时，被蒋介石任命为鄂豫皖三省"剿匪"副总司令的张学良制订了从7月1日到10月10日的"三个月'围剿'计划"，扬言在三个月内将红军"完全扑灭，永绝后患；彻底肃清，以竟全功"。红二十五军为避敌进攻锋芒，争取主动，即由朱堂店转移到铁铺以东地区，相机歼灭进攻之敌。7月17日拂晓，我军在向何家冲转移途中，于长岭岗地区将敌第一一五师2个团全部打垮，歼敌五个营。长岭岗战斗，给敌人当头一棒，使根据地军民受到很大鼓舞。8月初，由于敌军兵力相继增加，反复对红军进行合围，形势极为不利。省委考虑到继续留在罗山、黄阪、孝感交界地区活动必将陷入困境，遂决定红二十五军再次转向皖西北地区行动。这样，敌人的合围计划又完全落空。

红二十五军抵达皖西北地区后，强行军100多公里，远程奔袭敌人后方太湖县城，于9月4日午夜一举攻占太湖县城，歼敌安徽省警备旅一部，缴获大批物资。战后，全军每人都发到一把雨伞。当时部队经常露宿野外，没有防雨用具，指战员都高兴地说："一把伞就是一间房啊！"

袭占太湖后，我军即在县城内外发动群众，分粮分盐分衣物，其政治影响远及附近各县。之后，红二十五军转向太湖、英山交界的陶家河地区，恢复和开辟根据地。经过一个多月的努力，即在陶家河地区建成一小块根据地，成立了区委和两个乡政权，为贫苦农民分配了土地。10月10日，是张学良"三个月'围剿'计划"的最后一天，这一天省委在陶家河发布了《粉碎五次"围剿"告劳苦群众书》，号召广大军民一致起来，为粉碎敌人的"围剿"而继续奋斗。至此，张学良的"三个月'围剿'计划"实际上已宣告破产。

但张学良又于 10 月初重新调整并加强了"追剿"部队兵力,以 16 个团编成豫鄂皖三省"追剿"纵队,下辖 5 个"追剿"支队。红二十五军在奔赴鄂东北途中,以一天两夜的强行军,接连突破敌人四道封锁线,尤其是 11 月 8 日在光山扶山寨与敌第一○七师、一一七师 4 个团和第四、五"追剿"支队 6 个团整整激战一天,终将各路敌人击溃,毙伤俘敌 4000 余人,取得了扶山寨战斗的胜利,打破了敌人的追堵计划,为红二十五军的战略转移行动创造了有利条件。

11 月 11 日,中共鄂豫皖省委在光山县花山寨举行常委会会议,根据党中央的有关指示精神,及程子华传达中革军委副主席周恩来的指示,认真分析了鄂豫皖地区两年来的斗争情况和当前的严重形势后,毅然决定由省委率领红二十五军实行战略转移,创建新的革命根据地。同时还决定留一部分部队再建红二十八军,继续坚持鄂豫皖地区的游击战争。这一正确的战略决策,使红二十五军得以摆脱强敌跳出困境,走上胜利的发展道路。

在鄂豫皖地区第五次反"围剿"斗争中,红二十五军虽然没能打破敌人"围剿"而实行了战略转移,但其坚持斗争的意义是深远的。在一年又四个月的反"围剿"斗争岁月中,红二十五军在敌情极为险恶、环境极为艰难困苦的条件下,同敌人进行了英勇顽强的战斗,歼灭了大量的敌军正规部队和反动地方武装,自始至终钳制了敌人十五六个师的兵力，有力地配合了全国的革命斗争。

　　艰苦卓绝的斗争历程，使红二十五军锻炼成长为一支政治坚定、作战英勇、不怕艰难困苦、密切联系群众、特别善于进行游击战和游击性运动战的部队。这一时期的武装斗争，为后来的红二十八军继续坚持鄂豫皖地区三年游击战争打下了坚实的基础，使党从 1927 年黄麻起义举起的武装斗争旗帜，始终飘扬在大别山上。

皖西北的艰苦岁月

郭述申　陈　祥　夏云飞

　　1932 年 10 月，鄂豫皖苏区第四次反"围剿"斗争遭受严重挫折，红四方面军主力被迫实行战略转移，根据地大部被敌占领。被隔绝在皖西北地区的一部分领导同志和红军部队，在敌人重兵包围和白色恐怖下，由郭述申、刘士奇、徐海东、吴保才等根据中共鄂豫皖中央分局的指示，组成了中共鄂皖工作委员会，将留在皖西北的红军部队统一起来，组成了红军第二十七军，保存了数千人的武装力量和大批干部。

　　1932 年底，国民党军对鄂豫皖苏区进行第四次"围剿"，由于红四方面军主力转移，于是在抽出部分军队追堵红四方面军的同时，又对鄂豫皖革命根据地展开了大规模的划区"清剿"，意欲将鄂豫皖革命根据地的红军完全肃清。中共鄂豫皖省委在部署反"清剿"斗争中，决定重建红军第二十五军，即将红二十七军编入红二十五军，在鄂东北坚持斗争；同时，从皖西北的战略位置考虑，决定组建红二十八军，发展皖西北的游击战争，恢复与巩固皖西北根据地。

1933年1月上旬，红二十八军在麻城大畈正式成立，军长廖荣坤、政委王平章、政治部主任程启波，全军约3000人。1月13日至14日，红二十八军在四道河子与敌第七十五师四四六团进行了两天两夜的激烈战斗，毙伤敌团长焦克功以下数百人。这是红二十八军组建后的第一仗，初战告捷，全军指战员士气大振。1月20日至23日又在胭脂坳和白沙河与敌第五十四师交战，冲破敌人的两道封锁线，接着向东北方向挺进100余公里，进攻敌人屯集军粮的叶家集、开顺街等地，夺得了大批粮食，补充了部队的给养。30日和31日进至小南金时与敌第十二师遭遇，全军指战员奋勇杀敌，予敌以很大杀伤。2月5日和6日，在双河山又歼灭敌第七十五师一个团。随后又在窑沟、银沙畈等地给敌第四十五师、七十五师以沉重打击，打退了敌人的追击。一系列战斗的胜利，鼓舞了根据地群众斗争情绪和胜利信心，基本上打开了皖西北的局面，为坚持这块根据地的斗争创造了有利条件，有力地配合了红二十五军在鄂东北的斗争。

3月初，为了彻底粉碎敌人的大规模划区"清剿"，以保卫和发展鄂豫皖革命根据地，中共鄂豫皖省委决定红二十八军返回鄂东北，与红二十五军会合，以加强红二十五军力量。但由于敌人重重阻隔，红二十八军在去鄂东北时，未能及时与红二十五军联系上，因而又再次东返皖西北。到1933

年春天，皖西北苏区已得到恢复，并有了新的扩展。4月初，皖西北道委在汤家汇召开了首次工农兵代表大会，选举恢复了道苏维埃政府。四乡群众敲锣打鼓，抬着宰好的整猪整羊进入大会会场，祝贺新生的红色政权，各级苏维埃政权以及赤卫队、妇女会、少先队、童子团等群众组织又都恢复起来，人民群众积极投入到参加红军、支援前线和发展生产的热潮中。同时，成立了皖西北游击司令部，并相继组建了3个游击师、2个游击大队和1个战斗营，这些地方武装总共约3000人，主要是深入敌人占领区开展游击战，寻机打击孤立之敌军和反动民团，发动和组织群众，斗争地主豪绅，筹集粮食和物资，并配合主力红军作战，对恢复、巩固和发展皖西北根据地发挥了重要作用。

这期间道委领导执行了正确的政策，使人心安定，团结一致，同心同德地搞好根据地建设。当时，敌人对皖西北四面封锁，苏区内的生活相当艰苦，但道委采取自力更生、艰苦奋斗的方针，土地分给农民，调动了农民生产积极性。此外，大力发展熬硝盐、造纸、织土布等手工作坊，解决根据地军民的吃穿用问题。通过这些，使根据地的经济建设有了迅速发展，党和红军得到了人民的支持和拥护。

1933年4月8日，红二十八军与二十五军在麻城北部的大畈地区会合，红二十八军编为红二十五军第七十三师；同时，为继续坚持皖西北地区的斗争，决定组建红八十二师。红八十二师成立之后，接连打了几个胜仗，部队士气高昂，在皖西北名声大振。

这时国民党对鄂豫皖根据地第五次"围剿"全面展开。8月初的一天，敌第十二师三十五旅七十二团押运70多对毛竹排，满载军需物资，由史河下游逆水而上，运往金寨县。道委领导接到这个情报后，立即集中红八十二师和第一、二、三路游击师，在师长刘德利率领下连夜行动，第二天拂晓到达作战地域梅山和大龚岭一带。上午9点左右，敌人的毛竹排开到，红军指战员勇猛冲杀，一直打到傍晚，因敌人众多火力很强，未能解决战斗。入夜，敌收缩到山上，红军发挥夜战特长，英勇机智地摸上山去，利用夜暗偷袭将敌打垮，所有毛竹排载运的大米、面粉、军服、食盐等物资全部缴获。接着，又在石八地截击了敌人的运输队，缴获了大批被服等物资。这两次战斗截断了敌人的给养，也解决了根据地的军需民用。红八十二师连打胜仗，越战越强，皖西北根据地进一步巩固。

9月5日，省委率红二十五军由鄂东北转移到皖西北南溪，与红八十二师会合，随即展开了反击敌"剿匪"总司令刘镇华"围剿"皖西北中心区的保卫战。从9月13日至23日，红军在双河山、汤家汇中心区一带与敌展开激烈的阵地争夺战，虽然给敌人以很大的杀伤，但终未能粉碎敌人的进攻，红军也受到很大伤亡。在敌人重兵围攻之下，23日红二十五军冲破敌人的围攻，在红八十二师的掩护下由汤家汇地区向南转移，红八十二师随后也撤离了汤家汇、双河山，转移到桃树岭、南溪等地，继续坚持皖西北的斗争。

1933年9月底，红二十五军开始向鄂东北转移。10月2日夜，在通过潢（川）麻（城）公路时，遇到敌人堵截，省委和军部率领红二十五军大部强行通过敌封锁线，副军长徐海东及后续部队被阻于潢麻公路以东。徐海东将未能过路的千余人召集起来，返回皖西北，与皖西北道委和红八十二师会合，就地坚持武装斗争。

10月11日，中共皖西北道委书记郭述申和徐海东等党政军负责人在南溪吕家大院召开会议，分析皖西北斗争面临的严重形势，总结经验教训，并决定将未能过路返回鄂东北的红二十五军八十四师与红八十二师组成新的红二十八军，军长徐海东、政委郭述申（兼），积极开展外线游击，寻机歼灭敌人。红二十八军再建后，机动灵活地打击敌人，逐步摆脱了被动局面，于1934年2月初再次返回赤南根据地葛藤山地区。敌人先后集中了四个师向红军合围，2月6日，红二十八军在火炮岭以南阴阳山一带与敌2个旅进行了整日激战，红八十二师师长刘德利负重伤后牺牲。红二十八军为避免与敌硬拼，遂跳出敌人合围，北上固始地区，尔后又南下转向金家寨。3月10日，在金家寨古碑冲一带，给予进攻红军的敌独立第五旅1个团和县民团以猛烈还击。12日，从古碑冲转回根据地时，在葛藤山遇敌第五十四师一六一旅，当即以第八十四师一营占领葛藤山东南山脊，警戒南溪方向之敌；以第八十二师三营占领火炮岭以北公路东西两侧高地，警戒汤家汇方向之敌。部队刚到位，敌第五十四师一六一旅便向第八十四师一营阵地进攻。徐海东军长决定第八十四师一营坚守阵地阻击敌人，第八十二师（欠第三营）向葛藤山西南簸石沟佯动，造成敌之错觉，吸引敌之主力。当敌以主力进攻簸石沟时，即令第八十二师留1个排的兵力，将敌主力紧紧吸引住，师主力隐蔽撤回。接着，第八十二师主力协同第八十四师二营、三营从东面迂回至敌人侧后，突然发起猛攻，簸石沟的1个排和葛藤山东南山脊的第八十四师一营也乘势出击。敌遭红军三面夹击顿时混乱，经一个多小时的战斗，将敌击溃，活捉第五十四师代理师长兼一六一旅旅长刘书春以下官兵130多名，毙伤敌1000余人。葛藤山战斗后，红二十八军转向南溪以北地区。3月24日，在杨山一带与敌3个师的兵力遭遇并发生激战，战斗中红八十四师师长黄绪南壮烈牺牲。

1934年4月16日，红二十八军与红二十五军在商城县东南的豹子岩会师，两军合编为红二十五军，军长徐海东、政委吴焕先。红二十八军再度编入红二十五军后，皖西北道委为坚持武装斗争，决定以第三路游击师为基础，编成新的红八十二师。4月20日至24日，红八十二师接连攻克了长竹园、四顾墩、叶新墩等据点和附近的地主民团围寨。一系列战斗的胜利，不仅瓦解和打击了反动势力，掩护红二十五军向鄂东北地区转移，而且大大鼓舞了士气，扩大了红军的政治影响。

5 月初，省委率领红二十五军又转战到皖西北地区，为配合红军主力恢复苏区，积极向外线扩展新的游击根据地，皖西北道委决定红八十二师向英山、霍山方向行动，深入敌后开辟新区。红八十二师先奔袭西界岭，后又与各路游击师相配合，两天之内连续攻克了张家咀、石头咀、金家铺、杨柳湾等四个镇，逼近英山县城，使敌人大为恐慌。7 月，红八十二师又攻下了黄栗杪和诸佛庵，火烧了两河口镇据守炮楼顽抗的敌人，连克南岳庙、徐集、江店子等敌据点。经过这一系列的战斗，皖西北地区在恢复原根据地基础上，又使游击区有了新的扩展。

8 月下旬，红二十五军再次转战皖西北地区，红八十二师和地方武装及广大人民群众积极配合。红二十五军在六安郝家集歼灭敌第十一路军 1 个团，并以远程奔袭战术，于 9 月 4 日攻占太湖县城，缴获大批物资，解决了全军冬衣等问题，并歼灭安徽保安团一部和守城部队全部，取得了重大胜利。

1934 年 11 月，红二十五军奉命撤离鄂豫皖革命根据地后，在敌军重兵围攻下，红八十二师遭敌围追堵截，师长周世觉在突围中牺牲，部队损失严重。12 月初，红二十五军第七十四师留在皖西北的 1 个营和手枪团 1 个分队及红八十二师余部在金寨熊家河，合编组建为红二一八团。1935 年 2 月 3 日，红二一八团和鄂东独立团及皖西第二路游击师，在高敬亭、方永乐等领导下，第三次组建红二十八军，坚持了鄂豫皖艰苦卓绝的三年游击战争生活。

红二十八军和红八十二师在坚持皖西北斗争中，从斗争实际出发，实行正确的作战方针，打了许多胜仗，为我党在鄂豫皖根据地坚持武装斗争，发展壮大红军力量做出了重大贡献。

审时度势的战略决策

程子华　刘华清

在中国工农红军长征的序列中，红二十五军是首先到达陕北的。红二十五军迈出战略转移的第一步，不是仓促决定的，为了迈出这历史性的一步，中共鄂豫皖省委从开始酝酿到下定决心前后用了半年多的时间。

最早建议我们红二十五军战略转移，是中央军委的一个同志（这个同志到现在也没有搞清楚是谁，当时中央转发建议时没有署名，只在按语中说是"中央军委的一个同志写的"）。这个建议的提出，主要是根据成仿吾同志向党中央汇报的正在恶化的鄂豫皖边区革命斗争形势。

鄂豫皖边区的革命斗争形势，是在第四次反"围剿"中发生逆转的，由于王明"左"倾路线，特别是军事作战指导方针上的错误，没有粉碎敌人的"围剿"，红四方面军主力被迫撤离鄂豫皖苏区，鄂豫皖边区革命形势急剧恶化，根据地大部丢失，地方党政组织陆续遭到破坏，县、区、乡革命政权所剩无几，群众生活极端困难，昔日欣欣向荣的革命根据地，变成了一片焦土废墟。但是，大别山的革命精神是摧不垮的。11 月底，中共鄂豫皖省委以留在边区的五个红军主力团为基础，重新组建了红二十五军，决心排除万难，"独立坚持鄂豫皖的斗争"。

1932 年底到 1933 年初春，红二十五军抓住敌军调动兵力减少的战机，连续取得了郭家河、潘家河、杨泗寨等战斗的胜利，打破了敌人大规模划区"清剿"计划，边区的革命形势出现了转机，原先被敌人压缩、分割成几小块的鄂东北根据地连成了一片，皖西北根据地也部分得到了恢复，红二十五军由重建时期的 7000 人发展到 3 个师、9 个团共 13 万余人；同时，为了坚持皖西北苏区的斗争，抽调了几个团的地方部队组建了第一个红二十八军，地方武装合编、扩建成 10 个游击师，各县、区还成立了战斗营、连。重建后的党政组织，积极领导人民群众恢复和发展生产，根据地重建工作收到成效，人民群众革命热情重新高涨。

然而，自此后的半年，王明"左"倾路线又产生了严重的恶果。5 月初，红二十五军奉命夺取敌重兵扼守的工事坚固的七里坪，苦战 43 天未克，部队伤亡惨重，鄂东北、皖西北根据地各剩下百余里的地域。7 月，敌人动用 14 个师又 4 个独立旅的兵力发动第五次"围剿"，以消极防御方针为指导的"中心区保卫战"最终使两块根据地中心区大部分相继丢失，红二十五军大幅度减员。10 月初，红二十五军由皖西北向鄂东北转移，在通过潢麻公路封锁线时被敌军截断，红七十四师和红七十五师后勤部队共 1000 余人折回皖西北后编入红二十八军，红二十五军军部、直属队及七十四、七十五师共 2000 余人通过公路后和鄂东北游击总司令部所属部队会合在一起，转战鄂东北地区荒山野岭之中，作战连连失利，剩下不足千人，这时鄂东北地区县以下党政组织全部遭到破坏，红二十五军得不到兵员补充，弹药奇缺，有时靠大刀、梭镖、石块跟敌人拼搏，指战员行军作战要随身携带镰刀，每到一地宿营就割草搭茅棚避风雨。

在围攻七里坪"中心区保卫战"遭受严重挫折，红军主力损失惨重以后，省委于 10 月 16 日召开扩大会议，分析前一时期的错误，讨论转变斗争方针等问题。由于红四方面军撤离时没有留下电台，省委跟中央之间只能依靠交通员断断续续地进行联系，不能及时得到中央的指示，因此会上决定派省委委员、宣传部部长成仿吾到中央去汇报情况请示工作，并要求派干部加强省委和红二十五军的领导。

11 月 11 日，省委书记沈泽民在逝世前十天，仍抱病将会上讨论、会后交换的意见，写成以省委名义上报中央的报告，沉痛检讨了错误，表示了转变斗争方针的决心，其反躬自责的态度诚恳。

成仿吾带着这个报告动身去上海，在上海他通过内山书店老板找到了鲁迅，要求鲁迅帮他找"党方面的朋友"。鲁迅说："你来得正是时候，如果迟来几天，我认识的那个朋友就要离开这里，到那时候，就不好办了。"这样，成仿吾通过鲁迅跟上海中央局取得了联系，并由该局派人护送带领进入中央苏区。

1934 年初，军委副主席周恩来以及其他中央领导听取了成仿吾的汇报。1 月 27 日，"中央军委的一个同志"写出《关于鄂豫皖苏区战争经验的研究及今后作战的建议》，《建议》认为：鄂豫皖苏区红军"要坚决决定一个总退却，主要目的是保存战斗骨干，暂时把保守苏区当作次要问题"，他建议红军主力"在适宜的时候，就实行有计划的战略的退却，可以从罗山地带退到豫南的桐柏（山地区）建立新苏区"。在形势估计、战略指导，特别是在"保守苏区"与保存红军力量两者的主次地位等问题上，《建议》所持的观点和主张跟不久前通过的党的六届五中全会决议的说法截然不同，在一味强调"进攻路线"，后来又提出"不放弃根据地一寸土地"口号的历史条件下，提出这样的建议是颇有胆识的。2 月 25 日，中央将《建议》转发给鄂豫皖省委，按语说"只作你们执行中央军事指示时一个参考的材料"。

这时，蒋介石正在调整鄂豫皖的兵力部署，总兵力达到 16 个师又 4 个独立旅，人数之多超过了红四方面军主力撤走之后的任何一个时期。6 月下旬又制订了一个从 7 月 1 日到 10 月 10 日的"围剿"计划，采取的方针是"一面划区驻剿，一面无限制地用竭泽而渔之方，作一网打尽之图"。狂言要在三个月内，将我军"完全扑灭，永绝后患；彻底肃清，以竟全功"。鄂豫皖边区革命斗争的处境空前困难，红二十五军实行战略转移已经成为急需做出决策的首要问题。

3月中旬，省委收到了中央转发的《建议》，这时困扰省委和红二十五军领导的主要不是走不走的问题，而是担心转移不成功，出现既丧失红军主力又丢掉老苏区的结局。4月10日召开专门会议讨论《建议》，与会同志认为，近期红军主力大幅度减员，桐柏山地区"离我们原区域较远隔"，平汉路敌人防范严密，通过比较困难，决定向中央建议红二十五军暂不离开鄂豫皖苏区，改向原根据地的边沿恢复开辟根据地。7月1日，省委又收到了2月12日的中央指示信和6月13日中央与军委联合发出的军事训令，信中指出：鄂豫皖"省委当前的任务，在于保全我们的活力，保全我们的队伍，去创造新的苏区、新的根据地"，要红二十五军转移的意图是很明显的。军事训令也提出了要"积极地向外发展"，但又说"目前我们原则上同意省委提议红军主力仍留在原来苏区继续行动"。省委开会研究决定执行6月13日军事训令中规定的任务，就是保持、逐渐巩固现有的根据地，同时"向外扩大并创造新的行动中心及根据地"，实现中央提出的"最高度地牵制和吸引敌人兵力于鄂豫皖方面"的要求，以配合中央红军作战。后来才知道，中央那时正准备突围长征，需要邻近苏区军事上的支援。不过，省委并不知道中央红军的困难处境，但是不管自己有多大的困难，也要为中央红军分担军事压力，"打得敌人无法增兵江西"。这样，红二十五军战略转移就暂时搁置起来了。

这时，敌人正按照预定计划，疯狂进行"围剿"。一度分开的红二十五军和红二十八军会师后合编为红二十五军，留下红二十八军部分兵力与地方部队重新组建红八十二师原地坚持斗争。红二十五军改变了半年以前那种内线分兵防御的打法，积极转向外线捕捉战机，乘隙击虚，连续取得了长岭岗、汤泉池、大柳村、太湖等战斗的胜利，沉重打击了敌人的嚣张气焰，恢复开辟了一些小块根据地，恢复了一些地方革命组织，使敌人狂妄叫嚣的"砍尽大别山的树，挖尽共产党的根"的企图落了空，用实际行动谱写了"树也烧不完，根也砍不尽。留得青山在，到处有红军"的光辉篇章。但是，由于敌我力量悬殊，上述胜利还不能从根本上改变日趋不利的形势，在老苏区边沿恢复、开辟根据地的方案行不通，经过多年战争的消耗和敌人的屠杀破坏封锁，边区的人力、物力濒临枯竭，得不到补充的红二十五军只有跳出并远离敌人的包围圈才有出路。同样，大家又存在势单力薄的红二十五军能不能摆脱优势敌军的围追堵截，到了新区能不能站住脚等顾虑，最伤脑筋的是不知该往哪儿走。当时省委就是处于这种想走、又下不了走的决心的矛盾之中。

在这种情况下，程子华到达鄂豫皖根据地。5月的一天，程子华被中革军委副主席周恩来召去谈话，周副主席说鄂豫皖省委曾要求派干部去加强领导，中央决定派他去那儿工作。接着周副主席详细分析了鄂豫皖边区斗争的形势、前景，并就红二十五军的行动方针做了指示。他说，中央几次指示红二十五军转移，现在原先确定的方针不变，红军主力要做战略转移，去建立新根据地。这样，部队就能得到发展，同时也能把敌军主力引走，减轻根据地的压力。根据地的敌军减少了，留下的部分武装就能长期坚持，也能够保存老根据地。此外，他还对选择新根据地的条件做了详细指示。

程子华稍事准备，就在交通员的带领下取道福建才溪、古田，昼伏深山、夜行小道，进入广东省境。8 月初，由汕头乘船到上海，再由鄂豫皖省委交通员石健民带领，经武汉乘火车到河南信阳柳林，在一个群众家里住了一星期，然后步行去中共鄂东北道委驻地、河南罗山县境的卡房。一路上两人昼伏夜行，在山区小路走了好几天。一天夜里，在一个山沟里被一群荷枪埋伏的人包围了，一问才知道是道委派来迎接的便衣队。9 月下旬，程子华于卡房见到了中共鄂东北道委书记郑位三等同志，郑位三当即写信，将程子华到达卡房的消息报告了省委，建议省委率领红二十五军赶到鄂东北，研究下一步的行动计划。

在等待省委回鄂东北的 40 多天里，程子华和郑位三以及程坦、刘华清等经常在一起交谈，有时是互相介绍情况，有时是研究下一步行动方针问题。郑位三等通过介绍，才知道了中央根据地的许多情况，对中央红军的困难处境有了一定的了解。关于下一步的行动方针，程子华结合个人领会周副主席指示的体会，谈了自己的想法：敌人继续搞"竭泽而渔"，企图通过耗尽根据地的人力、物力，把我们搞垮。我们不能让敌人牵着鼻子走，困守在"鱼塘"里，看着敌人把水抽干抓"鱼"。郑位三说，过去中央也有指示，要红二十五军走出去创建新根据地。但是，我们不敢走远，没有脱离鄂豫皖的思想。这不完全是对老苏区感情的原因，更主要的是觉得这里有一些很难得的有利条件。群众对敌人斗争那么坚决，恢复根据地是有希望的。如果在原地区能恢复根据地，何必舍近求远呢？本着这样的想法，我们在根据地附近搞了几次，多数失败了，少数搞成了。搞成了的两块，物质条件非常有限，补充不了多少兵员，活动余地不大。看来，在原地区坚持斗争是不行了。但是，走出去又觉得没有把握，再说，外面的情况一点也不了解，往哪儿走呢？

这样，交谈的话题就转到转移方向上来了。于是，我们对根据地四周的形势，逐一进行了分析，认为：南、东、北三个方向都是平原、丘陵地区，南有长江天堑，又靠近敌人统治中心南京、武汉和中央根据地；北有淮水阻隔，敌人在开封、郑州驻有重兵；东面靠近津浦铁路和安庆，很难立足。因此，向南、向东、向北都不行。

那么，向西行不行呢？程子华说，可以到伏牛山去。蒋介石与那里的军阀矛盾很深，当地的阶级矛盾尖锐，反动统治的基础薄弱。那里又是山区，地理条件比较好。谈着谈着，几个人的看法一致起来了，到远处去，到伏牛山去！不久，我们从国民党的报纸上发现了中央红军长征到达粤湘交界的坪石、乐昌的消息，不仅使我们从整个南方革命形势看到了红军战略转移的必要性，而且意味着鄂豫皖苏区牵制敌人、为中央红军分担军事压力的任务可以解除了。这就进一步坚定了我们离开老苏区创建新根据地的思想。

11月4日，省委接到了郑位三送来的信，6日晚率领红二十五军从葛藤山地区出发，两夜一天急行军200多里，连续突破敌人的四道封锁线，歼敌四个连，并打垮敌东北军的堵截部队，于8日拂晓到达河南光山县城东南50里处的解山寨。部队刚休息了两个小时，敌人"驻剿"部队4个团和第四、第五"追剿队"6个团，在飞机的配合下分别从东、南两面跟踪而来。军长徐海东、政委吴焕先指挥扼守寨东北和山顶的部队分别抗击敌人的进攻，刚从寨南撤出的二二四团隐蔽迂回到在寨东北进攻的敌"驻剿"部队侧后突然发起猛攻。在我军内外夹击下，敌"驻剿"部队被迫撤退。接着，二二四团和扼守寨东北的部队，分两路迂回到进攻山顶的敌"追剿队"侧后发起猛攻，坚守山顶的3个营也乘机发起反冲击，将敌"追剿队"压回到进攻山顶前的位置上。我军继续进行三面夹击，打得敌人溃不成军，纷纷逃散，战斗在黄昏前胜利结束，3000余人的红二十五军打垮了敌军10个团，而且打死打伤俘虏敌军4000人。这一仗为红二十五军战略转移争得了主动权，使红二十五军在坚持鄂豫皖的斗争中度过了最危险、最关键的时刻。

11 月 11 日，省委在河南光山县花山寨召开常委会，传达了程子华带来的周副主席的指示，会上决定：省委率领红二十五军实施战略转移，到桐柏山或伏牛山一带创建根据地，留下高敬亭和一部分武装重新组建红二十八军，在鄂豫皖边区坚持革命斗争。会议还决定任命程子华为军长，徐海东为副军长，吴焕先为军政治委员。当时不是省委委员的程子华没有参加这次会议，上述决定是郑位三在会后传达的。红二十五军出发前向外发布了《中国工农红军北上抗日第二先遣队出发宣言》，16 日全军指战员怀着沉痛心情告别了鄂豫皖革命根据地，踏上战略转移的征途！此刻，历时半年多的酝酿、筹划成了现实，红二十五军为谋求生存与发展的艰巨斗争由此开始。

花山寨会议是红二十五军战斗历程中的一个重要转折点，不仅使红二十五军长征迈开了步子，也不仅仅为顺利转移制定了正确的方针、政策，更重要的是使红二十五军的长征跟我国革命大本营的转移会合到了一起，纳入党中央结束挽救革命危局斗争、发展西北革命形势，进而图举抗日大业的实践中。有了这个开端，红二十五军才有后来的先期到达陕北，取得劳山、榆林桥战役胜利，并协同中央红军进行直罗镇战役等机遇。

红二十五军的长征[*]

程子华　郭述申　韩先楚

刘　震　刘华清　陈先瑞

　　中国工农红军第二十五军，是在红四方面军主力撤离鄂豫皖根据地后，于1932年11月重新组建的。重建后的红二十五军，在极其艰难困苦的岁月独立坚持了鄂豫皖边区的武装斗争，但由于王明"左"倾路线的危害和敌人的残酷"围剿"，根据地的形势仍很严重，红二十五军是继续坚持老根据地斗争，还是实行战略转移，是鄂豫皖省委面临的重大战略抉择。关于战略转移问题，党中央曾有过两次指示，省委也有过半年多的酝酿，准备摆脱困境，开辟新的革命根据地。正在这时，党中央和中革军委副主席周恩来派程子华于1934年9月到达鄂豫皖革命根据地，并带来了党中央和周副主席的指示。

　　1934年11月11日，中共鄂豫皖省委在光山县花山寨召

---

　　* 本文节选自中共中央党史研究室编《红军长征纪实丛书·红二十五军卷》（1），中共党史出版社2016年版，收录时做了适当修改。

开常委会，讨论红二十五军实行战略转移的问题，程子华传达了党中央和周恩来的口头指示，周恩来明确指出"红军主力要做战略转移，去建立新根据地。这样，部队就能得到发展，同时也就能把敌军主力引走，减轻鄂豫皖根据地的压力。根据地的敌军减少了，留下的部分武装就能够长期坚持，也就能够保存老根据地"。省委根据党中央有关文件精神和周恩来副主席的指示，认真分析了鄂豫皖革命根据地两年来斗争形势的演变，一致认为：鄂豫皖边区军民虽然进行了极其艰苦的斗争，但是根据地的人力物力被敌人严重摧残，当前敌占绝对优势，根据地的严重局面短时期难以根本改变；在老根据地边沿恢复、开辟根据地，经过在朱堂店和陶家河两个地区的尝试，成绩都不很大，红军本身已不易得到补充、发展，难以开创新的局面。因此，会议一致认为红二十五军应该实行战略转移，创建新的革命根据地，谋求新的发展、发挥更大作用。于是省委决定红二十五军立即实行战略转移，以平汉铁路以西鄂豫边界的桐柏山区和豫西的伏牛山区为初步目标，行动中部队对外称为"中国工农红军北上抗日第二先遣队"，留下部分武装再组建红二十八军，继续坚持鄂豫皖边区的武装斗争。会议决定由党中央派来的程子华担任军长，吴焕先任政治委员，徐海东任副军长。

红二十五军实行战略转移的决策，是及时的、正确的。从此，红二十五军跳出了困境，摆脱了强敌，走上了宽阔的发展道路。

1934 年 11 月 16 日，红二十五军近 3000 名指战员，高举"中国工农红军北上抗日第二先遣队"的旗帜，由罗山县何家冲出发开始长征。当时，敌东北军 9 个师和豫鄂皖三省"追剿队"5 个支队共 40 多个团，已麇集于鄂东北。我军越过平汉路后，蒋介石急令"追剿队"5 个支队和东北军一一五师跟踪追击，令驻河南省南阳、泌阳、方城、叶县一带的四十军和驻湖北老河口一带的四十四师迎面堵截，企图趁我孤军远征之际围歼于桐柏山区。

　　我军进入桐柏山区后，发现这里靠平汉铁路和汉水较近，回旋范围相对狭小，敌又大兵压境，难以立足发展，于是果断决定迅速掉头北上，跳出敌人的合围，经由驻马店西北山区转向伏牛山区挺进。为了隐蔽北上意图，迷惑和调动敌人，红军先以少数部队佯攻湖北枣阳县城，吸引了各路敌人向枣阳集中。11 月 22 日，红二十五军主力乘夜冲破敌"追剿队"第五支队的拦阻，绕道泌阳城东，乘虚北上。

　　11 月 26 日，红军准备越过许（昌）南（阳）公路直抵伏牛山东麓。下午 1 点左右，到达方城县独树镇附近正要穿过公路时，突然遭到敌人的猛烈阻击。原来，我军掉头北上后，敌判断我有经独树镇、保安寨西进之意图，遂调敌第四十军一一五旅和骑兵团在此堵截。这天，恰遇寒流降临，冷风刺骨，雨雪交加，我先头部队发现敌人较迟，加之寒冷饥饿，战士们一时拉不开枪栓，以致被迫后撤。敌人乘机发起冲击，并从两翼实施包围，情况十分险恶。军政委吴焕先赶到前方指挥部队就地抵抗，他从交通队员身上抽出一把大刀，高声呼喊："同志们，现在是生死存亡的关头，决不能后退！共产党员跟我来！"带领部队冒着敌人的密集火力，奋不顾身地冲上前去与敌展开白刃搏斗，副军长徐海东带领后卫部队跑步赶到，经过一番恶战终于打退了敌人的进攻。接着，我军向敌人发起冲击，以图冲过公路未能奏效，于是转入防守，并以反冲击打退敌人多次进攻。天黑后，全军绕道保安寨以北的沈庄附近，连夜穿过许南公路，翌日拂晓进入伏牛山东麓。随后，又在拐河打退敌人的尾追夹击，得以胜利前进。

独树镇战斗是红二十五军长征途中一次极为险恶的战斗，在地形平坦、气候恶劣的条件下，遭到敌军的突然袭击，能否击退敌人进攻突出重围，关系到全军的生死存亡。全体指战员在军领导的带领下，不畏强敌，英勇拼搏，终以顽强的战斗作风和大无畏的战斗精神，挫败了敌人的围追堵截，很快进入伏牛山区。

伏牛山区为豫西"内乡王"别廷芳的势力范围，反动统治严密，加之这一带地域狭窄、人烟稀少，粮食和物资都很缺乏，创建根据地比较困难，因此，省委决定继续西进直奔豫陕边界的商洛山区。蒋介石为防堵红二十五军入陕，在我军进入伏牛山之前，就将驻开封的第四十师调至卢氏县城以南之朱阳关、五里川一带，控制了入陕大道。12 月 4 日，我军进入卢氏县境，敌"追剿队"第二支队也跟踪追至。

我军当即改变路线，另择小路从卢氏城南与洛河之间神速西进，敌筹谋多日的堵击防线被我军置于背后。

12月8日，红二十五军从豫陕交界的铁锁关进入陕境，下午在洛南县三要司歼灭国民党陕军一个营，9日进至庚家河，10日上午在此召开会议，研究了在鄂豫陕边区创建新的革命根据地问题，并决定改鄂豫皖省委为鄂豫陕省委。这时，敌六十师突然奔袭而来，我在东山坳口的排哨当即与敌接火。战斗一开始，敌人就夺占了坳口的有利地形，向我发起猛攻，军领导迅速组织部队实施反击，夺回了坳口，后续部队跑步占领南北两侧高地。这时，敌人两个团的兵力增援上来，再次向我发起攻击，于是全线展开了激烈的争夺战，我全体指战员英勇反击，以刺刀、手榴弹与敌拼搏，经过20多次反复冲杀，终将敌人打垮，毙伤敌800余名，我军也伤亡200余人，军长程子华、副军长徐海东均负重伤。庚家河战斗，是红二十五军长征中又一次顽强战斗，至此红二十五军粉碎了20余倍于己之敌的围追堵截，长驱1800余里，胜利地完成了第一次战略转移。

1935年1月，当我们创建新根据地的工作刚刚开始时，蒋介石又调集四十军一一五旅两个团、四十四师一三〇旅3个团，配合陕军一二六旅、警二旅、警卫团等部，对我军发动第一次"围剿"，企图在我军立足未稳时加以歼灭。为粉碎敌人"围剿"，我军北上袁家沟口，然后进至蔡玉窑，并以一部兵力袭占柞水县城，分散了跟追之敌。2月1日，当敌一二六旅追至蔡玉窑时，我军突然予以打击，歼其1个多营。5日，我军又在蓝田县葛牌镇以南之文公岭高地歼灭该旅2个多营。2月下旬，我军得知红四方面军发动陕南战役的消息，遂又决定西进，配合红四方面军作战，连克宁陕、佛坪县城，进到洋县华阳镇。这时，敌警二旅尾追而来，我军于10日拂晓在石塔寺附近设伏，打垮警二旅5个多营，毙伤俘敌六七百名，敌旅长张飞生被击伤。4月初，我军东返南洛地区，至此粉碎了敌人的第一次"围剿"。

紧接着，我军一边作战，一边开辟根据地，把粉碎敌人的"围剿"同创建根据地结合起来。我军攻克镇安县城后，即在镇安、旬阳、郧西、山阳等四县边区横扫反动民团，宣传"抗捐、抗税、抗粮、抗债、抗丁"，发动群众，打土豪分田地，摧毁保甲制度，建立苏维埃政权。蔡玉窑、文公岭战斗后，我军乘胜在蓝田、商县、山阳、镇安、柞水等五县边区开展群众工作，分配土地，建立区、乡、村苏维埃政权，抓紧根据地建设。打垮警二旅后，我军又开辟了华阳地区，建立了7个乡的革命政权。4月18日，我军攻克洛南县城，接着又在洛南、商县、商南、卢氏等四县边区，建立苏维埃政权，创建了豫陕边革命根据地。

在主力部队集中打仗的同时，还派出部分干部和部队到地方工作，开展游击战争，巩固扩大根据地。省委先后派郭述申、郑位三、陈先瑞等领导干部，带2个主力连队和部分干部做地方工作，组建了6个游击师和3个游击大队，成立了洛南、华阳游击队。为了加强根据地的领导和统一指挥游击武装，成立了鄂陕、豫陕特委和鄂陕游击总司令部、豫陕游击师，有力地促进了根据地的建设，支援和配合了主力部队的行动。

鄂豫陕省委在创建根据地的初期，先后三次召开会议，统一思想，做出决策。郧西会议，就"红二十五军能否在鄂豫陕边区单独创建根据地"的问题进行了讨论，做出了《为完全打破敌人进攻，争取春荒斗争的彻底胜利，创建新苏区的决议案》。华阳会议，批评了少数同志认为"红二十五军力量单薄，独自创建根据地有困难"，提出入川会合红四方面军的错误主张，仍"坚持在鄂豫陕边创建新区的任务不动摇，……照省委庚家河之决定不变"。葛牌镇会议，总结了入陕四个月的经验，进一步坚定了粉碎敌人"围剿"，开创新区的斗争信心。

根据地的建立为战斗胜利提供了保障，战斗胜利又促进了根据地的建设。到5月初，红二十五军发展到3700多人，地方游击师、抗捐军发展到2000多人，成立了鄂陕边区苏维埃政府和10个区48个乡314个村的苏维埃政权，苏区人口近50万人，初步建成了鄂豫陕革命根据地，造成了"工农武装割据"的斗争局面。

1935年4月，蒋介石命令原进攻鄂豫皖苏区的东北军第六十七军和驻郑州的第九十五师开入陕南，会同第四十军、第四十四师和陕军一部，共30多个团的兵力，向红二十五军发动第二次"围剿",并限令在三个月内将我军消灭。红二十五军针对敌人十倍于我的兵力和陕南山大沟深、敌人运动和补给均有困难等情况,决定采取"诱敌深入,先拖后打"的作战方针,以运动战与游击战相结合,首先打乱敌"围剿"部署,然后寻机歼敌,以打破敌人的围攻。

6月初,红二十五军北上商县、洛南地区,转到外线捕捉战机。当敌向东南的进攻矛头改为向北时,我又掉头向东南,包围商南县城,打下富水关,把北顾之敌又牵向东南。接着,远程奔袭了敌后方补给站荆紫关,迫使敌六十七军、四十四师和陕军警一旅等部向荆紫关蜂拥而来。这时,敌人已被拖得相当疲劳,锐气大减,其"围剿"部署被我完全打乱。25日,我军转到根据地边沿的黑山街继续诱敌深入。29日下午,敌警一旅追到了黑山街附近,我军稍与接触后即向袁家沟口退去。7月2日拂晓,敌人正在袁家沟口村西集合,设伏于此的我军猛烈火器突然向密集之敌射击,敌人顿时乱成一团,经我军多次猛攻,活捉敌旅长唐嗣桐,此战毙伤俘敌1700余人。我军乘胜北出终南山,威逼西安。至此,敌人妄图在三个月内消灭我军的计划宣告破产。

红二十五军撤离鄂豫皖苏区后,即与党中央失去联系,只是从报上得悉中央红军和红四方面军在川西会师,并有北上动向。红二十五军又一次面临着重大战略抉择,遂召开紧急会议,决定率红二十五军西征北上,以"配合主力红军在西北的行动,迅速创造西北新的伟大的巩固的革命根据地"。

还确定将鄂陕、豫陕两特委合并组成新的鄂豫陕特委，继续坚持鄂豫陕边区根据地的革命斗争。

1935年7月16日，红二十五军4000名指战员又踏上了继续长征的道路。这时，敌五十一军一一三师已跟踪尾追而来。我军经由辛口子折入秦岭山中，南下佯攻汉中，然后转向西北挺进。8月1日，占领川陕公路要地双石铺，歼敌一部，俘敌少将参议一名，缴获大批文件和报纸。7月22日《大公报》报道：红军主力"已越过6000公尺的巴朗山，向北行进……似有窥甘青交界之洮州、岷县、西固等处"。敌人的口供和报纸进一步证实了我红军主力正在北上，军领导决定立即进入甘肃境内，直捣敌人后方，配合红军主力北上行动。

当时，敌胡宗南纵队、新编十四师、第三军、新编第一军及三十五师均部署于川西北和甘南边境、渭河沿线和西（安）兰（州）公路上，防我红军主力北上。红二十五军进入甘南进一步牵制了敌人，减轻了对红军主力的压力。8月初，在攻克两当，继克天水北关，北渡渭河，占领秦安以后，于8月14日又威逼静宁县城，切断了横贯陕甘两省的交通大动脉西兰公路。15日，进入兴隆镇暂作休整。

兴隆镇是回民群众聚居的地区，为尊重回族人民的宗教信仰和风俗习惯，军政委吴焕先对全体指战员进行了党的民族政策教育，制定了"三大禁令、四项注意"：禁止驻扎清真寺，禁止打回族的土豪，禁止在回民家中吃大荤；注意尊重回民的风俗习惯，注意用回民水桶在井里打水，注意回避青年妇女，注意实行公买公卖。他还召集当地的知名人士和阿訇开座谈会，宣传党的抗日救国主张和红军的政策，以实际行动扩大了党和红军的影响。后来，中央红军到达陕北时，毛泽东同志还夸奖红二十五军路过陇东回民区留下的良好印象，说我们的民族政策水平高，执行得好！

8月17日，我军沿西兰公路东进，一举攻克隆德县城，接着翻越六盘山，直抵平凉城下。20日，在马莲铺以东，冒雨将追敌三十五师一部分打垮。21日，由泾川县城以西翻越王母宫塬，徒涉汭河，时值大雨倾盆，部队刚过了一半，山洪暴发河水突涨，军直属队和在塬上担任后卫任务的部队被阻于河北岸。就在这时，敌三十五师1000余人从塬上向我突然袭来，我后卫部队在塬上与敌展开激战，我先头渡河部队已难以回援，后卫部队处于背水作战极为不利的境地。吴焕先政委见此情景，立即带领100余人冲上塬头，直插敌人腰部。他向战士们呼喊："压住敌人就是胜利，决不能让敌人逼近河边！"战士们不顾泥泞路滑，从侧后向敌人发起冲击，塬上部队也实行反击，在我夹击之下敌人纷纷溃散。战斗中，吴焕先政委壮烈牺牲，他是鄂豫皖革命根据地的创始人之一，是鄂豫陕省委和红二十五军的卓越领导者，在广大指战员中享有崇高的威望。

9月7日，我军到达陕甘革命根据地保安县的豹子川，鄂豫陕省委在此开会，决定徐海东任军长、程子华任政委。

9 月 15 日，在陕甘边党政领导和人民群众的欢迎声中，到达延川县永坪镇。至此，红二十五军经过两个月的艰苦转战，打退了敌人的围追堵截，行程 4000 余里，胜利完成了长征，成为红军长征中先期到达陕北的第一支队伍。

红二十五军到达陕北后，与红二十六、二十七军合编为红十五军团，以劳山、榆林桥战役的胜利，迎接了党中央、毛主席的到来，在党中央、毛主席直接指挥下参加了直罗镇战役，为党中央把全国革命大本营设在西北举行了"奠基礼"！

红二十五军的长征，为我党保存了一支强有力的武装，配合了中央红军长征的胜利进行，为陕甘宁边区根据地的巩固和发展做出了应有的贡献。

红二十五军西征北上[*]

韩先楚　刘　震

　　"六月十三，红军出山。"这是当年流传在陕西省长安县引驾回等地的一句民谣。

　　农历六月十三，是 1935 年 7 月 13 日，这天我们红二十五军以极其突然之行动，经由陕西省商县杨家斜、蓝田县石嘴子等地，北出终南山，威逼西安。出山后，全歼蓝田县焦岱、长安县引驾回等地民团，前锋直抵西安城南 20 余里之韦曲、杜曲等地。与此同时，还在引驾回、子午镇、秦渡镇一带开展了群众工作，发动贫苦群众分粮、分盐、分衣物，动员青壮年参加红军。这一出其不意的行动，使敌人在西北地区的总后方——西安城内极为震动，正准备由西安开往天水之东北军五十一军于学忠部被迫停止了行动，一些大地主大资本家纷纷准备逃往外地。这一行动扩大了我党我军的政

---

* 本文节选自《配合红军主力北上，先期到达陕北》，收录时做了适当修改。

55

治影响，鼓舞了西安近郊的广大群众，部队得到了物资补充，并扩充新兵 300 多名。

红二十五军自从撤离鄂豫皖苏区之后，即与党中央失去联系，只从报纸上得悉中央红军和红四方面军已在川西会师，并有北上动向。当时，蒋介石正在调集几十万大军向川、陕、甘边境集结，妄图将我红军主力围堵消灭于川西地区。对红二十五军来说，此时又面临着一次新的战略行动的抉择！

在这关键时刻，鄂豫陕省委于 7 月 15 日在长安县沣峪口召开紧急会议，会议由代理省委书记吴焕先同志主持，他根据刚收到的中央文件精神，以及报纸消息和敌情动态，认真分析了当时形势，认为：日本帝国主义的入侵和国民党的出卖，使中华民族危机空前严重，党和红军必须动员千百万人民一致奋起，坚决反对蒋介石的卖国反共政策，积极准备同日本帝国主义作战。同时认为"主力红军会合在西方的胜利，与将要形成中国西北部苏区根据地，……都是目前中国革命发展的新的形势特点"，配合红军主力的北上行动，是当前最为紧迫的战斗任务。省委同时也考虑到陕南的实际情况，认为敌人"围剿"的兵力有增无减，形势仍很严峻。为了谋求新的战略出路，省委当机立断地提出，红二十五军立即与陕北红军会合，以配合红军主力在西北的行动，迅速创造西北新的伟大的巩固的革命根据地。

省委在与党中央失去联系的情况下，通观全局、独立自

56

主做出这一战略决策，完全符合全国革命形势发展的需要，符合党中央、毛泽东同志率领中央红军北上抗日的战略意图，同时也反映了红二十五军全体指战员与红军主力会师的热切愿望。因为在此之前，红二十五军就曾有过北上陕北与红二十六军会合的行动意图。会议还确定合并鄂豫、豫陕特委，组成新的鄂豫陕特委，统一领导各路游击武装力量，继续坚持鄂豫陕边区的革命斗争，转战陕南陇东，配合中央红军行动。

1935 年 7 月 16 日，红二十五军即在鄂豫陕省委率领下西征北上，开始了新的长征历程。

我军从沣峪口出发，经由户县、周至县境，沿秦岭北麓向西挺进，于 7 月 17 日、21 日，先后在周至县店子头和马召镇打退国民党陕军骑兵团的尾追。这时，驻西安之东北军五十一军一一三师李振堂部紧追而来，先头已到达周至，距我仅 30 余里，情势相当紧迫。军领导为隐蔽行动意图，摆脱尾追之敌，遂于 22 日晨由辛口子向南折入秦岭山中。继经青岗砭、宽台子、厚畛子、二郎坝等地，佯作威逼汉中的姿态，借以迷惑和摆脱敌人。

7 月 27 日，我军到达留坝县之江口镇，并击溃该地反动民团。北出终南山之后，连续 10 多天的行军作战，加之天气炎热，部队已十分疲劳，省委决定在江口镇休整两天，进行西征北上的思想动员和物资准备。部队也抓紧进行了整编，将随同主力部队行动的第四路游击师 280 余人，分别编入各团。原来在这一带坚持斗争的华阳游击队，也在江口镇赶上部队，以及沿途所收容的一些游击队伤病员，也补入连队。这时，我军仍辖二二三团、二二五团和手枪团，包括军部直属队，全军近 4000 人。

之后，我军即从江口镇出发，经由庙台子、留凤关等地，转向西北挺进。8 月 1 日，我军以二二三团第一营为前卫，轻装奔袭 20 余里，占领川陕公路要地双石铺，歼敌一部；该营三连设在双石铺东北三里处的警戒排哨，恰在当天傍晚截得一顶由凤县而来的滑竿，俘敌少将参议一名，缴获一批文件和报纸。军领导综合敌少将之口供和文件、报纸所提供的情报，证实我红军主力正在分别北上，而敌胡宗南纵队、新编十四师鲁大昌部、第三军王均部、新编第一军邓宝珊部及三十五师马鸿宾部，均部署于川西北和甘南边境、渭河沿线和西（安）兰（州）公路上，防堵我红军主力北上。据此，军领导决定部队立即进入甘肃境内，以威胁敌人后方，配合红军主力的北上行动。

8 月 3 日，我军以手枪团化装潜入甘肃两当县城，配合先头部队攻占该城，俘敌保安队官兵数十名。随后便由两当县以北的利桥镇转向西北，直逼天水城下。9 日晚，一举攻占天水县城北关，歼敌一部，缴获一批军用物资。我军直捣敌人后方，各处敌军四下告急，慌忙调第三军十二师一部，从武山、甘谷掉头回援。这时，我军于 11 日从新阳镇渡过渭河，进占秦安县城。而后，大胆向敌人纵深推进，以截断西兰公路，进一步牵制敌人，积极配合红军主力的北上行动。8月12日，我军由秦安县城北进，14日威逼静宁县城，毙伤敌数十名，守敌新一军十一旅惊慌异常，急电向兰州求援。至此，横贯陕甘两省的交通大动脉西兰公路，遂被我军切断。

红二十五军神速西进，有力地吸引和牵制了川、陕、甘边界的敌人，迫使敌人在一定时期内减轻了对我中央红军的压力，起到了重要的战略配合作用。

我军威逼甘肃省静宁后，于8月15日进入静宁县城以北50里的兴隆镇，17日一举攻克隆德县城，歼守敌第十一旅二团一营大部，活捉了伪县长和保安团长，并以缴获的部分衣物被服救济贫苦百姓。当日黄昏，我军连夜翻越六盘山，继续沿西兰公路东进。18日，在瓦亭附近与由固原赶来堵截之敌三十五师一部遭遇，经激战将敌人击退，相继占领瓦亭、三关口、蒿店等地。19日，乘胜逼近平凉县城。坐镇平凉城的敌三十五师师长马鸿宾，一面令一〇五旅一部增援平凉，一面令师属骑兵团及一〇四旅二〇八团分由庆阳西峰镇、宁县早胜镇向泾川县城集中，妄图将我军逐出陇东地区。我军为了继续牵制敌人，于20日由泾河北岸绕过平凉县城，随后又从平凉以东之四十里铺南渡泾河，沿公路进至白水镇。这时，敌一〇五旅3个步兵营尾追而来，敌师长马鸿宾乘"万国牌"大汽车亲自随军督战。傍晚，我军回头阻击敌人，冒雨抢占打虎沟高地，将敌人全部打垮，歼其

1个多营，亲至马莲铺督战的马鸿宾险些被我军生擒。

战后，我军连夜又赶到白水镇，8月21日拂晓继续冒雨东进，沿着泾河南岸的泥泞公路急行军40余里，到达泾川县城以西10余里的王村。这时，得悉敌三十五师骑兵团和一〇四旅二〇八团已经到达泾川县城，对我军进行堵击。前有堵敌，后有追兵，情况十分严重。接连下了两天大雨，公路以北的泾河水涨势很猛，部队再要北渡泾河已很困难；而在公路南面，则又被一道数十里宽的高山所阻，几乎毫无回旋余地。在此危急时刻，军领导果断决定暂离开公路，翻过南面的王母宫塬，南渡泾河支流汭河，摆出一副佯攻灵台的态势，给敌造成急于"夺路入陕"的错觉，实则我军西去威逼崇信县城，仍然扭住西兰公路不放，并积极探听红军主力的行动消息。

军政委吴焕先亲自在岸边指挥部队渡河，浑身上下全被雨水湿透，他指挥手枪团和二二五团抢先渡过河去，占领南岸高地，并向泾川方向实行警戒，防止敌人突袭。等到军供给部和军医院过河时，山洪突然暴发，有几个战士不幸被洪峰卷走。吴焕先一看情况严重，马上命令停止渡河，抢救落水的战士。这时，全军的骡马担架、行李挑担、医疗药品、军械修理器材以及随同医院行动的伤病员，全都拥挤在汭河北岸，一时难以渡过河去，形势十分紧迫而又艰难。

正在这时，王母宫塬上忽然响起了枪声，敌一〇四旅二〇八团1000余人在一个连骑兵的配合下，由泾川县城沿着王母宫塬乘机向我突袭而来。在塬上四坡村担任掩护任务的二二三团第三营首先与敌人接触，当即凭借房屋、土墙和窑洞跟敌人展开激战。这时，我先头部队已经渡过汭河难以回援，担任后卫掩护任务的二二三团完全处于背水作战，如不坚决打退敌人的进攻，后果将不堪设想！于是，军领导立刻命令二二三团第一、二营全部投入战斗，坚决阻击敌人的进攻。在此危急关头，吴焕先政委带领军部交通队和学兵连150多人，从右翼截击敌人，他们抄着一条隐蔽小路，一鼓作气地从河边奔上塬顶，恰好插入敌人的尾部，切断了敌人的后路。战士们不顾泥泞路滑，迅速占领几座高地，从侧后向敌人发起攻击。吴焕先政委向战士们大声疾呼："同志们，压住敌人就是胜利，决不能让敌人逼近河边！一定要坚决地打，狠狠地打！"与此同时，我二二三团3个营在几挺重机枪火力掩护下，趁机向敌人发起猛烈反击，敌人没想到忽然从背后杀出一支奇兵，顿时乱作一团纷纷夺路逃窜。

战斗正在激烈进行时，亲临前线指挥作战的军政委吴焕先负了重伤。指战员听到军政委负伤的消息，更加激起对敌人的无比仇恨，一个个悲痛至极怒火万丈，奋不顾身地冲上前去，与敌人拼刺刀肉搏，最后终将敌人压到一条烂泥沟里全部予以歼灭，敌团长马开基亦被我击毙。

王母宫塬上的恶战结束了，但是年仅28岁的军政委吴焕先同志停止了呼吸……巍巍耸立的王母宫塬上，阴雨低垂，风雨声咽，被烈士鲜血染过的几簇小草，滚动着一滴滴带血的泪珠，仿佛也在为烈士垂泪致哀……

为了继续牵制和迷惑敌人，我军直逼灵台方向，佯作夺路入陕之状。敌人原以为这支"疲惫之师"在到达泾河两岸时，必然要夺路进入陕北，没想到又掉头南下，进入灵台县境。我军的这一行动，敌人曾错误地认为：扰乱之师，飘忽不定；北去不成，而又"被迫流窜入陕"。于是，西安"绥靖"公署8月30日又发出电令，"严堵该匪窜陕"，尾追到达陇县的东北军五十一军一一三师，这时也摆出一副防堵红二十五军入陕的架势。

其实，红二十五军除以少数部队在灵台附近虚张声势之外，主力则在灵台、崇信、陇县之间的三角地带，积极探听红军主力的行动。部队所到之地，军领导都派手枪团四出搜集报纸，访问客商，打探消息，极力寻知有关红军主力的北上动向。由于当时条件所限，又没有电台通信，对红军主力正在过草地的行动消息一无所悉。就在这时，敌情起了重大变化：猬集于陕甘边界陇县、清水、马鹿镇等地之敌一一三师，时刻都在窥测着我军的行踪伺机而动，敌第三军十二师也从武山、甘谷一带向东移动而来，由兰州乘汽车驰援之敌第六师十七旅已经到达泾川县城，敌三十五师仍继续向泾川方向集结调动，该师骑兵团一直跟追到什字镇。军领导考虑到一时难以获得红军主力的确实消息，各路敌军日益集中逼近，对我形成合围夹击之势，我军连日在大雨和泥泞中行军作战已很疲劳，伤病员也难以安置，继续做无后方依托的行动十分不利，遂决定立即向陕北苏区前进，迅速与陕北红军会师。

8月30日，部队经华亭县安口窑转而北上。31日晚，由平凉县城以东的四十里铺渡过泾河，继经镇原、庆阳县境，翻沟跨塬，兼程前进！

这时，敌三十五师骑兵团和步兵二一〇团，一路上跟踪穷追。我军在经过西峰镇和翻越赤城塬时，曾两次打退敌人骑兵的尾追。9月4日晨，部队从板桥镇出发时，担任后卫的二二五团三营遭敌骑兵团突然袭击，徐海东指挥二营投入战斗，掩护三营突围，但因敌众我寡，也陷入敌人包围之中，情况十分危急。恰在这时，二二五团一营营长韩先楚、营政委刘震带领队伍迅速抢占左翼一座山头，以猛烈的火力阻止了敌人的进攻，掩护徐海东同志飞马突出重围。之后，部队沿着陕甘边界的崇山峻岭继续向北前进，一路人烟稀少无粮可筹，部队饥疲不堪，处在严重的饥饿威胁之中，不少领导都把自己的乘马宰了为战士果腹充饥。正在十分困难之时，恰遇上一个赶羊商贩，军供给部买下四五百只羊，这才解除了严重的饥饿威胁，得以继续前进。

9月7日，到达陕甘革命根据地的豹子川。省委在此开会，决定由徐海东任军长，程子华任鄂豫陕省委书记兼军政委，戴季英任参谋长，郭述申任政治部主任，全军总共3400余人。军领导对部队做了进入陕北苏区、同陕北红军会师的政治动员，要求部队整顿好军容，讲究礼节，遵守纪律，注意团结，虚心向兄弟的陕北红军学习，全体指战员都感到无比兴奋，信心倍增。

9月9日，部队进至永宁山，和陕甘党组织取得了联系。习仲勋、刘景范同志得悉这个消息后，立即报告了西北工委，中共西北工委组织部还印刷了《为迎接红二十五军北上给各级党支部的紧急通知》。红二十五军在永宁山稍事休整，经过四天行军，于9月15日胜利到达延川县永坪镇。

至此，红二十五军经过两个月的艰苦转战，行程4000余里，沿途攻克3座县城，进行大小战斗10多次，打退了敌人的追堵，终于实现了自己的战略意图，成为红军长征先期到达陕北的第一支队伍，胜利完成长征。

恶战独树镇[*]

刘 震

1934年11月16日，红二十五军经过整编补充后，撤销师一级建制，直辖4个团（第二二三、二二四、二二五团和手枪团），近3000名指战员。高举"中国工农红军北上抗日第二先遣队"的旗帜，在军长程子华、政委吴焕先、副军长徐海东率领下，由罗山县何家冲出发，向西挺进，开始长征。

在长征前的整编中，我从二二四团调到二二五团，任一营一连指导员。部队出发前以两天时间做准备，我根据上级指示进行了简短的动员，向战士们说明：为了抗日，为了革命的事业，为了保存革命力量去建立更多的苏区，我们必须离开这个"家"——鄂豫皖苏区，进行艰苦的长征。同志们怀着激动的心情，将要离开曾经用鲜血滋润过的红色土

---

* 本文节选自《刘震回忆录》，解放军出版社1990年版，收录时做了适当修改。

地，离开曾经倒下过不少战友而建立起来的苏区，离开在那些艰苦岁月里军民相依为命的苏区人民，实在是依依不舍。

从各种迹象来看，长征确实是一段艰难的行程。当时，敌东北军9个师和鄂像皖三省"追剿队"（以下简称"追剿队"）5个支队，已集结于鄂东北。我军越过平汉铁路后，蒋介石急令"追剿队"3个支队和东北军一一五师跟踪追击，令驻河南省南阳、泌阳、方城、叶县一带的四十军和驻湖北省老河口（光化）一带的四十四师迎头堵截，妄图趁我军离开根据地的时机加以围歼。

我军进入桐柏山区后，发现这里靠平汉铁路和汉水太近，回旋范围狭小，敌大兵压境，难以立足发展。省委决定，迅速调头北去，跳出敌人的合击圈，向河南省西部的伏牛山区挺进。

为了隐蔽北上意图，迷惑和调动敌人，我军先以少数部队佯攻湖北枣阳县城，吸引了各路敌人向枣阳集中，然后乘夜晚冲破敌"追剿队"第五支队的拦阻，绕道泌阳城东，乘虚北上。从泌阳城东向北，沿途地势平坦，村落稠密，围寨林立，封建势力较大，许多大地主豪绅盘踞的村落围寨都拥有相当数量的武装，多者有数百余枪支，配以土炮防守。有的围寨四周还筑有外壕，深水环绕。我军沿途时常遭到地主武装的袭扰，行进缓慢。敌人派出的便衣侦探，也常于夜间在我军所到之处进行骚扰活动，纵火烧房，标示我军行踪，作为同其追堵部队的联络信号，并借机造谣惑众，诋毁

66

我军声誉。

我们看到和听到这些情况，感到无比义愤，真想打他们一场。军领导为减少前进路上的重重阻力，争取时间迅速北上，决心高举抗日的旗帜，在沿途广为宣传党的抗日救国主张，开展政治攻势。军政委吴焕先分别召集各级干部会议，进行政治思想动员，要求部队严格遵守群众纪律，不打土豪、不进围寨，沿途所需军粮一律实行购买。军政治部主任郑位三亲自给沿途寨主头目写信，宣传我党抗日救国主张，晓以民族大义，促其保持中立态度，勿加阻拦。部队多在河滩野外吃饭露宿，纪律严明，秋毫无犯。在我党我军政策和部队行动感召下，大多数围寨的地主武装保持中立，使我军赢得了时间，顺利通过了围寨地区，摆脱了敌军的追堵。事实教育了部队，提高了我的政策观念。

我军转向北上后，敌即判断我有经独树镇、保安寨西进的意图，遂调四十军一一五旅和骑兵团迎头堵击我军。"追剿队"5个支队和四十军骑兵第五师则紧紧尾追我军，形势相当紧迫。11月26日拂晓，我军到达象河关西北的王店一带，敌"追剿队"尾追西来。这时，我军距许（昌）南（阳）公路不到30公里，过了公路即是伏牛山东麓。为防止敌人追堵合围，争取时间迅速穿过公路，军领导决定：以二二四团、二二五团和军直属队为前梯队，先行出发；以二二三团为后梯队，占领王店、赵庄，阻击尾追之敌，掩护全军行进。

这天，恰逢寒流，气温骤降，北风刺骨，雨雪交加。我们的衣服单薄，又被雨雪湿透，饥寒交迫，十分疲惫，许多同志的草鞋被烂泥粘掉，赤脚行军。但大家仍然忍饥冒寒，不顾艰难困苦，奋勇前进。当日下午 1 点左右，我军进至方城县独树镇附近，准备由七里岗通过公路，但敌四十军一一五旅及骑兵团已抢先到达，占领阵地，突然向我行军队形猛烈射击。因雨雪交加，能见度差，我军先头部队发现敌人较迟，加之战士们的手指冻僵，一时拉不开枪栓，以至被迫后撤。敌人乘机猛烈冲击，并从两翼实施包围，情况十分险恶。

正在这危急时刻，吴焕先政委赶到军前，指挥二二四团、二二五团就地进行抵抗，他从交通员身上抽出一把大刀，高声呼喊："同志们，现在是生死存亡的关头，决不能后退！共产党员跟我来！"随即带领部队，冒着敌人密集的火力，奋不顾身地冲上前去，与敌展开白刃搏斗。此时，我和连长带领全连在敌人占领段庄、马庄的正面抢占了一个小山头，就地抗击。敌人连续向我阵地冲击五次，均被打退。在第五次反冲击时，连长英勇牺牲，上级命令我代理连长指挥。我向全连同志动员说："同志们！这是关系到我军能否打进伏牛山并继续西进，也就是关系我军生死存亡的一仗，我们一定要坚决执行吴政委的命令，打退敌人的继续进攻。"经过反复冲杀，我连已伤亡 30 多人，只剩下 40 多个同志了，但我们始终坚守阵地。

与此同时，副军长徐海东带领二二三团跑步赶到，立即投入战斗。经过一番恶战，终于打退敌人的进攻。接着，我军向敌人发起冲击，以图冲过公路，但未能奏效。于是转入防守，并以反冲击打退敌人多次进攻。天黑后，全军绕道保安寨，连夜穿过许南公路，翌日拂晓进入伏牛山东麓。随后，在拐河打退敌军的尾追，深入伏牛山中。

　　独树镇战斗，是我军长征途中一次极为险恶的战斗。在地形平坦和气候恶劣的条件下，遭敌突然袭击和堵截，能否击退敌人进攻，突出重围，关系到全军生死存亡。全体指战员在军领导的率领下，在干部和党员的带动下，不畏强敌，英勇拼搏，终于挫败了敌人的堵击，使我军转危为安。

　　在突围和转战途中，伤员忍着极大的伤痛，坚持随军行动。这使我深刻地认识到，组织好行军转移，不让一个战士掉队，不把一个伤员丢下，其意义并不亚于组织指挥好一次战斗。如果这些在枪林弹雨中幸存的战友，因为跟不上队伍而长眠在深山老林，那就是我们干部的严重过错。这时连里有的重伤员担心地对我说："指导员，你不能把我丢下啊！"我坚定地回答："同志们放心！轻伤的同志能走的就自己走，重伤员，我们一定抬！"我抬了十几个日日夜夜，一直到陕南。在干部和党员的带动下，我们连剩下的 40 多个同志都自觉争着抬担架，没有丢下一个伤员。

长征路上的共青团员们[*]

黎　光

　　长征时期，从我们红二十五军这支队伍的组成和年龄结构看，从军的领导到每个战斗成员都十分年轻，军长程子华29岁，军政委吴焕先27岁，年龄稍大的副军长徐海东也才34岁；团营干部多是20岁出头，有的还不到20岁；连队干部战士的年龄就可想而知，特别是军部交通队都是十七八岁的小伙子，一个个雄姿英发朝气蓬勃，每人一把大刀、一支冲锋枪、一支盒子枪，佩着红缨穗带，神气得很。连队的战斗员大多是共青团员，我当时在军政治部工作，担任军的共青团委书记，也只有17岁。称我们是"儿童军"，倒是恰如其分的。

　　以青少年居多的红二十五军，有为数不少的十二三岁的少年儿童，甚至个别还只是八九岁的小娃娃，他们跟着自己

　　＊　本文节选自《长征路上的共青团员们》，收录时做了适当修改。

的父兄，在红军长征的摇篮里长大成人。

有个名叫匡书华的儿童团员，长征时只有十一二岁，是河南光山县匡家湾人，他有个当红军的堂兄叫匡占华，在连队担任炊事班长。长征出发前，匡占华回到村里，看到村子被敌人烧光了，就领了弟弟匡书华和六七个走投无路的青少年来当红军，其他几个青少年都补入战斗连队，唯独匡书华年纪小个子矮，没有被批准入伍，可他就是跟着队伍一步也不离开。长征路上，他跟在哥哥的炊事班，经过千里转战到达陕南，哥哥在陕南牺牲了，他失去了唯一的亲人，炊事班的同志对他更加体贴照顾，都喊他"可爱的小兄弟"，全班都是他的亲哥哥，帮助他随军继续长征，从陕南到陕北，始终没有掉队。到陕北以后，领导上考虑他跟着部队走了几千里路，从枪林弹雨中闯过来了，尽管年龄小，还是批准他正式成为一名红军战士，当上了小宣传员。

二二三团供给处还有一对相依为命的父子，也在长征路上传为佳话。父亲名叫熊发龙，安徽六安县人，当过乡苏维埃政府主席，他背着个八九岁的儿子参加了长征。按说当时是不允许这样做的，如果被领导发现非留下来不可，因此父亲只好偷偷地领着儿子跟着部队行走。好在是在供给处，不是战斗连队，能够"掩护"过去。后来还是被上级发现了，但生米已煮成熟饭，背着走也就是了。他的儿子叫熊开先，大家都喊他"小开子"。"小开子"也很懂事，挺逗人喜爱，他说长大也要当红军。一路上，同志们轮流背着抱着，从大别山到陕南，又从陕南转战到陕北。这个参加长征的"红军娃娃"，长征结束时仍不够参军的年龄，未能正式当上红军。抗日战争开始以后，他才当了一名"小八路"，后来还当上了连长。

1934年冬，红二十五军长征进入陕南，在柞水县的红崖寺，有个十八九岁的青年叫明道和，领着十五六个放牛娃娃跑来参加红军，这一群可爱的牧童小兄弟刚好组成一个班，由明道和担任班长，编到学兵连队。明道和是皖西人，参加红军较早，1932年冬他随红四方面军主力转战到商洛山中，因病掉队，挨门乞讨来到柞水县的石槽沟口，被一户姓何的人家收留下来，边帮工边养病。他在何家整整住了两年，没有暴露自己的身份，这年腊月间，他听说红二十五军到了红崖寺，就串联了十五六个跟他一起放过牛的牧童，连夜赶了好几十里山路，找到了红军队伍。见到吴焕先政委时，吴焕先怎么也记不得这个当年的红军小战士，明道和忙说："吴政委，你忘了，我就是红七十三师的，听你在队前讲过话哩！你当时说过，我们的红军队伍，好比一把紧紧扎成的大扫把，把敌人扫个落花流水……"吴政委这才恍然大悟，深情地摸着他的头说："好同志，你还没有忘记自己是个红军战士，是一根又青又翠的竹子！呵呵，你这根孤孤单单的竹子，不又扎成一把小扫把，领来了一个牧童班吗！"

我们这支"儿童军"，就是由这样一群青少年组成的，他们一个个生龙活虎、朝气蓬勃，具有压倒一切困难和战胜一切敌人的英雄气概，在血与火的长征路上锻炼成长。

长征路上，我们唱得最为响亮的一支进行曲就是《红军青年战士之歌》。歌词是很鼓舞斗志、激动人心的："红色的青年战士志气昂，好比那东方升起的太阳；不怕牺牲，英勇杀敌如猛虎，冲锋陷阵，无坚不摧谁敢当！"

回顾长征途中的无数次战斗，特别是独树镇和庾家河两次恶战，在生死存亡的危急关头，广大共青团员和青少年们同全军指战员一起，舍生忘死，浴血奋战，用生命的最强音谱写着青春进行曲。

1934 年 11 月 26 日，我红二十五军先头部队到达方城独树镇附近，准备由七里岗穿过许（昌）南（阳）公路时，遭敌第四十军一一五旅和骑兵团的堵击。当时遇到寒流，冷风刺骨，雨雪交加，跟敌人接火时许多同志的手指都冻硬了，一时都拉不开枪栓了，以致被迫后撤。敌人乘势猛扑，并从两翼实施包围，情况万分危急。

在此关键时候，吴焕先政委带交通队两个班赶了上来，他大声命令："同志们，现在是生死存亡的关头，绝不能后撤，就地卧倒坚决顶住敌人！"战士们听到吴政委的声音马上稳定下来，就地卧倒在泥泞地上，利用地形地物顽强阻击敌人。

这时，吴政委从交通队员身上抽出一把大刀，接着又喊："共产党员、共青团员们，跟我来！"他带领交通队两个班，像猛虎一样冲了上去与敌拼刺搏斗，部队也都跟着冲上前去。

交通队这两个班多是共青团员，他们奋勇当先动作迅猛，很快就把敌人顶了回去。战斗正在进行时，徐海东同志带领后卫部队也及时赶到，立即投入战斗，终于打退了敌人进攻，使部队转危为安。在这次战斗中，跟随吴政委的交通队两个班发挥了很大作用，为全体指战员所敬佩。

12月10日，部队在庚家河的东山坳口，遭敌六十师突袭，战斗打得十分激烈，军长程子华、副军长徐海东均负重伤，全体指战员殊死奋战英勇反击，同敌人拼刺刀、拼手榴弹。军部司号长程玉林同志下颌负伤不能吹号，就利用一座小庙做掩护，向敌人投出数十枚手榴弹，打退敌人几次冲击，敌人集中火力向他射击，他坚持不下火线顽强战斗，最后壮烈牺牲。他的英勇献身精神，在部队中广为流传，被称为坚守阵地的"投弹英雄"。

红二十五军在开创鄂豫陕革命根据地时期，有不少年轻的共产党员、共青团员，先后被派到地方开展工作，同样也出色地完成了党交给的战斗任务。

部队到达陕南时，为了开辟新区工作，决定成立中共商洛特委，由手枪团政委宋兴国担任特委书记，军政治部干事张勤和少年宣传队队长程启文同志被派到特委工作；同时决定以手枪团二分队为骨干，与当地农民刘实通等人领导的一支大刀会武装，组成陕南抗捐第一军，有两三百人，直属特委领导，就地开展斗争。谁知抗捐第一军成立不久，就在一次战斗中被敌人打散了，只有红军小分队30多人，在宋兴国带领下杀开一条血路突出重围。后来特委领导成员只剩下程启文一人，一时群龙无首，大家情绪低落。在危难之时，程启文挺身而出，把同志们召集起来："同志们，我们走了几千里路，来到商州这个地方，就是要建立一块立足之地。我们虽然吃了败仗、受了挫折，可困难是暂时的，是可以克服的，大家不要灰心丧气。现在，我们要打起精神，坚持斗争！"这才稳住了小分队的情绪，大家一致推举他担任小分队队长，习惯地喊他"少队长"。当地群众以为他姓邵，称他为"邵队长"。从此以后，"少队长"就领着这支红军小分队在孙家山一带发动群众，组织贫苦老百姓抗粮抗捐，闹得热火朝天。在地下党员的帮助下，"少队长"曾只身到龙驹寨与民团头子进行谈判，还曾化装进入商州城内侦察敌情，带领小分队东入卢氏边界，施巧计冒充敌军，收缴民团的数十条枪支。这些带有传奇色彩的故事，在当地群众中广为流传。1935年4月，红军主力打下洛南县城以后，"少队长"和他带领的这支小分队，胜利回到主力部队。

1935年8月，当红二十五军西出秦岭，北过渭河，翻越六盘山，直逼平凉城下时，敌三十五师师长马鸿宾部以为我们都是些"娃娃兵"，没有放在眼里，给骑兵团长下命令时说："你是天上飞的老鹰，红军是些地上跑的小兔子，好抓着哩！"就是这支"娃娃兵"，纵横驰骋于陇东高原，截断西（安）兰（州）公路，直捣敌三十五师的布防区域。坐镇于平凉城内的马鸿宾亲自率部追击，在马莲铺被打得落花流水，马鸿宾险些被红军生擒。8月21日，在泾川县四坡村战斗中，敌三十五师二〇八团1000余人被我军全部歼灭，敌团长马开基也被当场击毙。领导还奖励了击毙敌团长的二二三团二营通信班长周世忠两块银圆。到达陕北以后，周世忠光荣地加入了中国共产党。

1936年，《共产国际》第7卷第3期曾刊载一篇题为《中国红军第二十五军的远征》的文章，以"儿童军"著称的红二十五军就像文章中所讲的："像雄鹰在那里盘旋一样，使敌人布防于此的雄厚兵力，都惊得心胆俱寒！"

长征路上的共青团员们，个个都是出色的战斗员，又都是很好的宣传员。部队每到一地，以共青团员为主的宣传队、宣传小组立即活跃起来，张贴布告、刷写标语，宣传党的政策，唱歌演戏，搞得热火朝天。

我们红二十五军医院的曾继兰、曹宗凯、田喜兰、余国清、张秀兰、戴觉敏、周少兰（周东屏）等7名女护士，人称"七仙女"，她们不仅在医疗卫生、战场救护方面做出了贡献，而且在做宣传工作和群众工作方面也起了很大作用。部队指战员喜欢听她们唱歌、看她们演节目，每到一地召开群众大会，她们也是必须登台的"演员"，很受群众欢迎。这7名女护士大都不过十七八岁，最小的才十五六岁。长征出发时，部队精简整编，对老弱病残人员做了安置，她们坚决不肯留下，又哭又闹，非要跟着红军主力不可，经过一番"斗争"，才被批准随军行动。过了平汉铁路，进入桐柏山区以后，由于敌人从四面围追而来，情况十分严重，部队又要实行第二次远距离转移，军首长怕她们路上吃不消，发给每人几块银圆做盘费，要她们返回老家，或是就近找个穷苦人家当女儿。这一下，她们都傻了眼了，坐在路边抱头痛哭，边哭边说："红军走到哪里，我们跟到哪里。活着是红军的人，死了是红军的鬼！"是啊，她们都是些无家可归的孤儿，离开了红军队伍，也就失去了生路。军首长吴焕先和徐海东同志考虑到她们的身世，又看到她们都有坚强的革命意志，又一次决定让她们继续随军"打远游击"。

吴焕先同志命供给部给她们一匹小马，以便路上驮行李，有病时换着骑骑，这在当时是极大的关怀照顾了。但是，她们很少骑马，而是凭着自己的两只脚，有的还是缠过足的"解放脚"，穿着草鞋，扎着绑腿，一步一步地挣扎着，跟部队一起翻山越岭、涉水过河，谁也没有掉队。

在陕南开创革命根据地的日子里，战斗极为频繁紧张，她们每天随军转战，还要救护伤员、照顾病员。这一时期，省委书记徐宝珊患了重病，军长程子华、副军长徐海东身负重伤，她们时常随着三副担架奔前跑后忙个不停，十分辛苦。每当打下一座新的县城乡镇，她们更是忙得不可开交，又要上街宣传演出，又要收购筹集药品，还要安置伤病人员，有时还参加群众工作，没收地主恶霸的财产分配给贫苦群众。军供给部曾把打土豪得来的一些妇女衣物分给"七仙女"，可她们谁也不穿不用，随手又转送给贫苦群众。

西征北上途中，从天水附近渡过渭河时，只搞到一条小木船，因为水流湍急，军领导决定让给"七仙女"和几个重伤员乘船过河，部队则攀着牵在河面上的几条白布绳索，把武器弹药顶在头上，徒涉而过。参谋长戴季英从两当县城请了一位照相师，沿途拍下几张珍贵照片。"七仙女"乘坐木船过渭河时的一幅历史照片，至今仍陈列在中国人民革命军事博物馆。

征途是漫长的，也是坎坷艰难的，有胜利也有挫折，有痛苦也有欢乐。她们曾背着捆草作为坐垫，坐滑梯似的溜下满地泥泞的王母宫塬，也曾抓着骡马的尾巴漂浮过山洪猛涨的泾河。……在此后的征途上，因为沿途人烟稀少无粮可筹，她们同样也处在严重的饥饿威胁之中。但是，她们还是忍着饥饿，以草根野菜充饥，拖着疲惫不堪的脚步，一步一步地走向陕北，胜利完成了长征。这时，"七仙女"也只剩下五名，共青团支部书记曹宗凯和共青团员曾继兰在长征路上倒了下去，为革命献出了宝贵生命。这7名女同志不愧为鄂豫皖苏区的巾帼少年。

长征胜利结束以后，新的局面就开始了。这些女战士又踏上了新的征途，投入到伟大的抗日民族解放战争的洪流中。

接受新任务[*]

陈先瑞

1934 年 12 月下旬的一天，我率部队正在镇安县九甲湾发动群众，突然接到军部命令，让我立即到军部报到，说吴焕先政委要找我谈话。这时，我的伤还未痊愈，走起路还有些一瘸一拐。但我也顾不得这些了，立即交代完工作，便向军部赶去。

已是冬天的陕南，虽说还不十分寒冷，可是各种植物都已落叶，满山光秃秃的，山石耸立着。山间小路除了裸露的石头外，就是沙土，小草也枯黄萎缩在地面上，偶有松柏树还有点绿色。我关键是赶路，也顾不得看这些了，深一脚浅一脚地往前奔。

军部就在离九甲湾不远的一个山沟里。我来到军部，一进门就看到吴焕先政委手上拿着两叠《什么是红军》《关于

---

* 本文节选自《陈先瑞回忆录》，解放军出版社 1999 年版，收录时做了适当修改。

商业政策问题》的布告，站在那里深思。这两份布告，是我们发动群众、宣传群众到处张贴的，看到吴政委拿着，我心里想，是不是又交给我们去张贴呀！我高声喊了一句："报告！"

吴政委从沉思中发现了我，急忙用手指着桌边的木椅子说："先瑞同志，快过来坐。"然后，他把布告摊在我的面前，开门见山地告诉我："领导上决定把你留下，就留在这一带打游击，你有没有把握？"

听说要把我"留下"，我心里很吃紧，半晌也没吭声。我想了许多：从长征出发，到卢氏负伤，我已经两次差点被留下，现在伤势好转，可以带部队工作了，怎么又决定让我留下？这突如其来的决定，让我一时不知该怎么表示才好。我愣了一会儿，才说："我还兼着三营政委的工作……"

吴政委马上表示："我知道，就因为这个原因，才决定你带领三营七连，就地留下。"

我又讲道："我腿上的伤口也快好了，能跟上部队行军打仗的……"

吴政委笑了笑说："这我也知道。正因为你可以行军打仗，才决定把你留下。考虑你的伤情，决定给你派一个大个子警卫员，万一遇到什么紧急情况，背起你就走……你放心，绝不会把你丢给敌人的。"

看来，这时吴政委并不了解我的心情，我也不知道吴政委的用意。但我讲的几条理由吴政委都考虑到了，还能说什么呢？部队初到陕南，人生地不熟，这担子虽重，但能不挑吗？能在困难面前畏惧吗？这不是我们共产党人的作风。想到这，我便试探着问："我们留下的具体任务是……"

吴政委高兴了。他知道，我一问具体任务，就说明在考虑如何干的问题了。

吴政委先讲了省委创造新根据地的战略意图，然后说："你带一个连下去，就地开展群众工作，部队名称为鄂陕游击师，你担任师长。决定让你下去，我们心中是有数的，知道你能够单独完成任务。就地开展游击战争，也不是件容易的事儿，你要有充分的思想准备。"

接着，吴政委又明确提出四条任务：第一，要了解边界地区的民情地形，尽快熟悉和掌握地方情况；第二，要以"五抗"（抗捐、抗税、抗粮、抗丁、抗债）为斗争口号，广泛发动群众，镇压土豪劣绅，摧毁地方反动势力，建立苏维埃乡村政权；第三，要不断发展和扩大游击武装，建立起当地的武装组织，开展游击战争，配合主力红军的行动；第四，要与红军主力保持联系，将单独活动情况和敌情动态，及时向上级领导做出报告。

最后，吴政委拉着我的手说："在这人生地不熟的边界地区创建新根据地，这是一项艰巨的任务。你们下去也如同全军一样，困难不小，会遇到挫折和麻烦的，但要记住，不要怕失败，不能灰心丧气，即使是受点损失，也还可以重整旗鼓，东山再起。这两年，我们在大别山遭受的挫折失败，也够严重的了，失败了再干，干革命就是这个理儿！"

吴政委这几句话，说得我心里热乎乎的，好像燃起了一把火。我当即表示："一定完成任务。只要是革命斗争的需要，我坚决服从组织决定。请军领导放心，决不辜负党对我的信任。"

吴政委还告诉我，军里几个领导分头都到部队去了，我们现在的主要任务是发动群众，建立红色政权，站稳脚跟。派你们下去，这也是军领导经过再三研究的。大部队准备要北上，在更广泛的范围内活动。你们是撒下去的火种，要在这里生根开花。你们把脚跟站稳了，政权建立起来了，根据地巩固了，就为大部队活动创造了条件，任务还是很重的。

吴政委工作很仔细，又跟我讲了许多开展工作的具体办法。我从心里热爱我们这位军政委。他在军中的威望是非常高的。从鄂豫皖到陕南，红二十五军没他不行。我不愿意下地方工作，也有怕离开政委的想法。总觉得无论碰到什么困难，只要吴政委在，就没有解决不了的。我们下去了，离吴政委远了，再有什么事可怎么办呢？好在吴政委说，他们会经常来往路过的，因此我心里也就踏实了许多。

临离开军部前，吴政委还告诉我，要注意和中共商洛特委建立联系。自此，我离开了主力红军，开始了鄂豫陕边的游击战争。

我接受任务后，按照吴政委的指示，首先把带的第二二三团七连六七十人，分成若干小组，以自然村为片，发动群众，宣传"五抗"，打土豪，分田地，镇压豪绅恶霸，铲除"地头蛇"，摧毁保甲组织，消灭反动民团武装，建立抗捐军、游击队和苏维埃政权，团结改造刀会武装，很快在镇安县店垭子、大小米粮川一带打开了局面。接着，又向郧西县的大小新川、两河口发展，建立起比较巩固的根据地。

在我们开展建立游击武装的同时，主力部队也在做这项工作。1935 年 2 月，省委先后在柞水县红岩寺组建第三路游击师；在山阳县小河口组建第四路游击师；在郧西县二天门组建第六路游击师。我们又相继把鄂陕游击师在镇安县大小米粮川建立的游击武装编为第五路游击师；在郧西县大小新川建立的游击武装编为第七路游击师；在山阳县唐家河建立的游击武装编为第九路游击师。与此同时，还在上述地区建立了区乡苏维埃政权。这六路游击师的建立，陆陆续续直到 6 月份才全部改编完。

为统一领导鄂陕地区的工作和指挥各路游击师的斗争，省委决定建立中共鄂陕特委和鄂陕游击总司令部。特委书记开始为郭述申，一个月后，郭述申调为红二十五军政治部副主任，由军参谋长戴季英接任，以后，又由郑位三接替戴季英。我为游击总司令。七连扩大为总部战斗营，随总部一起行动。

我们在中共鄂豫陕特委领导下，从 1935 年 7 月到 1936 年 12 月，独立坚持了鄂豫陕边区的游击战争。在与上级领导失去联系、极端艰难困苦的条件下，同敌人进行了英勇顽强的斗争，转战于鄂豫陕三省边区的 24 个县，经历大小战斗上百次，打破了敌人三次围攻，歼灭敌人正规部队与地方反动武装约 4000 人，缴获各种枪 3000 余支，取得了鄂豫陕边区游击战争的胜利。从 1937 年 1 月到 8 月，我们又在党中央和中央军委直接指挥下，广泛开展统一战线工作，积极宣传抗日主张，加强部队的整训，提高军政素质，由一支善于游击战争的武装力量，发展成为一支比较正规的红军部队。

一支红色武装的诞生

夏云飞

　　1934 年 12 月，鄂豫皖省委率红二十五军进入陕南以后，首先在陕鄂边界抓紧创建新的革命根据地。每到一地，各连队都组织宣传队，深入到贫苦农民中间，以"五抗"为斗争口号，宣传红军是为穷人谋解放的队伍，红军来了不纳粮、不缴税、不还债、不出丁、不出夫，红军战士纪律严明，对群众说话和蔼可亲，吃粮、烧柴都给银圆，深得群众信任，深受群众拥护和爱戴。

　　1935 年 2 月上旬的一天，红二十五军进驻山阳县袁家沟口休整，群众得知消息纷纷跑到村头路口迎接红军，一些群众主动挑来开水给战士们喝，打扫房间让战士们住，还主动为部队筹粮筹柴，军民亲如一家人。部队刚刚驻下，有个当地农民打扮的中年人来到军部要面见军长，说有要事商谈。此人名叫阮英臣，曾在当地组织过大刀会武装，常为穷人打抱不平，对反动政府的苛捐杂税有过反抗，在农民中有一定的影响力和号召力。阮英臣介绍了这个地区的情况：这里是个穷山区，国民党的苛捐杂税太重，加上地主的租粮、高利贷等，老百姓苦不堪言。他表示愿意拉起一支抗捐军队伍，前来跟红军领导接头联系，请求给予支持。军首长听了非常高兴，吴焕先政委赞扬了阮英臣的革命行动，进一步向他讲解了共产党和红军为穷人求解放的主张，宣传了"五抗"的政策口号。阮英臣听后，心里更加亮堂了，共产党是穷人的救星，我们坚决跟着共产党闹翻身求解放。双方约定，三天之内把队伍拉起来，发放枪支弹药，并由部队派出干部加强领导。

根据军领导的命令，我和吴华昌、王义庆同志留在这里工作，任务是深入发动群众，扩大地方武装，积极打击敌人，把袁家沟口创建成革命根据地。我们当即表示：坚决完成党交给的光荣任务，吴政委宣布说：你们三人组成中共山阳西区委员会，夏云廷（我当时名）为书记，负责领导武装斗争，吴、王两人负责建立地方政权工作。

2月9日上午，大雪纷飞，阮英臣带着刚刚拉起来的农民队伍，有八九十人，开到了军部驻地，军首长高兴地接见了他们，政治部为他们赶制军旗，军部为他们安排休息的住所，并以丰盛的午餐热情招待。下午，鄂陕边区第四路游击师命名大会在袁家沟口小河滩举行，八九十名青壮年农民精神抖擞地站立在风雪之中接受了军领导的检阅，周围挤满了围观的农民群众。吴焕先政委宣布了任职命令：阮英臣为第四路游击师司令兼战斗营营长，夏云廷为游击师政治部主任兼战斗营政委，徐海东副军长将一面鲜红的军旗授予阮英臣同志，红二十五军将机枪3挺、步枪80支、子弹数千发、手榴弹百余个配发给游击师，围观的人们激动地欢呼着："我们穷人有了出头的日子，感谢共产党，感谢亲人红军。"

第四路游击师成立后的当天，就在小河口至山阳县城的山路上阻击敌人，掩护红二十五军进行战斗转移。大雪在不停地下着，天寒路滑，战士们深一脚浅一脚沿着崎岖的山路开赴战场。队伍到达小河口后，我带领一中队来到山岗上监视敌人，刚部署就绪，就发现敌人约1个团的兵力向前开进，我立即命令在村里待命的两个中队跑步投入战斗。敌人在我们阻击下一时弄不清情况，就停止前进，过了一会儿才小心翼翼地向我阵地前沿运动。当敌人发现我们身着便衣，是地方游击队时，就集中火力立即发起猛烈进攻。我们的战士初次上阵，又没来得及进行教育和训练，在强大的敌人进攻下队伍有些混乱。我随即命令撤出战斗，避开敌人来到边远的小山村住下，清点人数发现失散了20多人。两天以后，我们回到袁家沟口进行整训，战士们情绪稳定了，革命信心更坚定了，打仗的勇气也提高了。

陕南税警局和税卡林立，袁家沟口30多里的牛耳川有个税警局，老百姓恨之入骨。我们决定拿这个税警局开刀，为民除害。经便衣侦察得知局里有税警和乡丁10多人，2月25日拂晓游击师悄悄地摸进税警局，敌人毫无戒备大都还在睡梦之中，没放一枪就被我们全部俘虏。游击师趁势又打了一户大土豪，开仓分粮分财物，救济贫苦农民，并召开群众大会，宣传共产党和红军的主张，说明红军是穷人的队伍，游击师的战士都是本地人，是人民的子弟兵。这一仗虽小，但鼓舞了士气，扩大了政治影响。

袁家沟口东边的二峪河有支地主武装大刀会，搞"刀枪不入"一类的封建迷信活动，这股刀会武装很反动，与商县黑山街民团有勾结，横行乡里，欺压百姓，佃户稍有反抗就吊打用刑。我们决定搞掉这支武装，解救受蒙蔽的群众，扩展革命根据地。我侦察员利用与刀会成员的亲友关系，深入刀会驻地查明了其内部详细情况，我们制定了偷袭的方案。3月上旬的一天，游击师经过三个多小时急行军，出其不意地来到二峪河，几名手持短枪、大刀的红军老战士带领突击队员迅速冲进各个住房，在"不许动"的吼声震慑下，30多名大刀会员当了俘虏，首领也被活捉。我们对大刀会成员集中进行教育，将受骗的农民群众予以释放，并召集群众大会公审了恶霸地主，搬掉了压在农民群众头上的大石头。

游击师以中队为单位展开游击活动，各中队分兵多股，配合地方干部有计划地打击税警队，镇压民愤极大的"地头蛇"，袁家沟口和小河口的保甲组织基本上也被摧毁了。与此同时，抓紧做发动群众的工作，访贫问苦，发展党员，建立党支部，成立了山阳西区苏维埃政府，袁家沟口、小河口、牛耳川、马家山、二峪河、金井河等地乡政府、乡农会、乡妇女会也宣告成立，各乡政府积极组织春耕生产，赤卫队维护治安、站岗放哨、监视坏人，以袁家沟口为中心的革命根据地初步形成，游击师也进一步发展壮大。

国民党设在色河铺的区公所，驻有山阳县民团的一个分队和税警分局。我们两次派便衣进行侦察摸准了敌情，制定了袭击色河铺的战斗方案，经过40多里的夜行军，各中队就按预定方案摸进色河铺，一中队冲进民团分队驻地，敌人从睡梦中惊醒，没有来得及抵抗就被连窝端掉；与此同时，二中队分成两股冲进区公所和税警分局，只几分钟时间就歼、俘敌40余人。山阳县城的敌人受到很大震动，小股民团不敢轻举妄动，税警队更是不敢下乡，城郊的许多恶霸地主大都龟缩进县城。

不久，敌人以县保安团的百余人为主，纠集了一些地方反动武装共约300人，向我中心根据地发起进攻，妄图一举消灭我们。敌人从山阳县城出发，一路上大摇大摆一直奔小河口而来。当敌人进入我们的伏击地段后，冲锋号声一响，三挺机关枪猛烈向敌人射击，敌人顿时乱作一团，有的慌乱地向来路溃逃，有的向山林中逃窜，战士们勇猛追击，截住一部分敌人，俘敌40余人。第二天，区苏维埃政府和小河口乡苏维埃政府在小河口召开庆祝大会，当地群众敲锣打鼓，抬着猪肉食品，慰劳游击师战士。

敌人遭到这次沉重打击，一蹶不振，在没有正规军配合的情况下，已失去了进攻的能力，这给我们开展游击活动造成了良好条件，根据地人民生活安定，生产热情很高。

5 月 14 日，游击师派出的便衣侦探与正在向山阳挺进的红二十五军取得联系，军首长要我们配合红军主力攻打山阳县城，我们于当天下午开到山阳城外一个小村庄就近休息做饭。我们的任务是配合主力作战，准备梯子和木杆，供攻城部队使用，经过紧张的准备工作，天黑之前就扎好了 20 架云梯。山阳城内驻着国民党正规军一个团，并筑有碉堡工事，红军主力一部攻进城内，伪县长挟着大印逃之夭夭。因为有几个核心碉堡强攻未克，无法占领全城，深夜 12 点我军放弃攻城。我率一、三中队配合阻击敌人出城，另外两个中队掩护伤员和武器物资转回袁家沟口。

6 月 30 日，我们在袁家沟口以南高地担任警戒，配合红二十五军一部控制沟口，堵击逃窜之敌，红二十五军取得了袁家沟口大捷。战后，吴焕先政委指示我们留下一个中队继续坚持游击活动，其余三个中队跟主力部队行动，打到终南山以外去，扩大我军政治影响，解决军需物资困难。

7 月 13 日，我们跟随红二十五军北出终南山，威逼西安。在红二十五军继续西征北上途中，我们鄂陕第四路游击师这支在战斗中成长起来的地方武装，编入了红二十五军的战斗序列，踏上了新的征程。

鄂豫陕革命根据地的创建

陈先瑞

1934 年 12 月初，红二十五军经过千里转战，胜利进入陕西省东南地区。12 月 14 日，鄂豫皖省委在洛南县庾家河召开会议，将鄂豫皖省委改为鄂豫陕省委，并决定以鄂豫陕边区为立足之地，创建新的革命根据地。这个地区北靠秦岭，南濒汉江，境内悬崖峻迭、地势险要，敌人统治比较薄弱，便于我军活动。省委认为摆在面前的紧急任务，是争取群众、扩大红军，打破敌人的进攻，迅速创建新的革命根据地，并指出在新的任务与困难面前，要反对悲观失望、消极退却的右倾机会主义，同时也要反对"死守"拼命的急躁情绪。

庾家河会议当天，我军就以中国工农红军北上抗日第二先遣队政治部名义，编印了《什么是红军》的宣传单，就中国工农红军的性质、宗旨、任务以及有关政策进行宣传；同时派手枪团政委带 30 多人，到商洛地区开展新区工作，并成立了商洛特委。按照省委规定的方针、任务，部队采取大回旋的军事行动，南下郧西，北返洛南，东入卢氏，西进蓝田，以武装斗争为先导，扫除反动民团武装，摧毁国民党反动派在广大乡村的统治基础，打击地方反动势力。我军所到之处，镇压土豪恶霸，将没收的大批财物分配给穷苦农民。一些"吃饭照影影，睡觉看星星"的贫苦群众，分得了粮食和住房；许多衣不遮体，"白天钻草窝，晚上去干活"的人家，也分得了衣物；少数群众不敢公开接受斗争果实，我军就在夜里将衣物、粮食悄悄送上门去。于是群众到处传说红军是"活神兵"，广大贫苦群众从苦难中逐渐觉醒，认识到红军是自己的军队，共产党是穷人的大救星，都打心眼儿里高兴，非常拥护共产党和红军。

12月底，我二二三团正在镇安县九甲湾发动群众，军领导命令我（当时任该团政治处主任）带七连到郧西、山阳、镇安等地打游击，配合主力部队开辟根据地，并将部队命名为"鄂陕游击师"，由我担任师长。军政委吴焕先说明了省委创建鄂豫陕根据地的意图和决心，指示我们要积极宣传"五抗"（抗捐、抗税、抗粮、抗债、抗丁），积极发动群众打土豪、分田地，摧毁保甲组织，消灭反动民团，团结改造刀会武装，扩大革命武装，建立抗捐军和苏维埃政权，配合红军主力部队活动，我们很快就打开了局面。

1935年1月9日，我军一举攻克镇安县城，发布了《中国工农红军第二十五军为占领镇安县告群众书》，号召工农群众团结起来，打土豪分田地，生产兴业，随后就在镇安、旬阳、郧西、山阳等县边界地区横扫民团，宣传"五抗"，成立了第一批区、乡苏维埃政权，主力部队抓紧时间进行休整扩军，我们则利用这一有利时机加强根据地建设，组织群众为部队筹粮备款、做衣做鞋，训练地方武装，培训苏维埃干部，很快就在南部四县边区开创了第一块革命根据地。

当我们全力创建新苏区时，蒋介石对我发动了第一次"围剿"，驻河南的第四十军一一五旅两个团开入陕西省南部，驻湖北均县的第四十四师一三〇旅三个团向西北推进，配合陕军一二六旅、警二旅、警卫团等部向我军发动进攻。1月下旬，陕军一二六旅、警二旅进至镇安城以东以南地区，向我逼近。我游击师根据省委和军领导的指示，做好新苏区的工作，保护好群众，积极主动牵制敌人；主力则由山阳、郧西交界地区北上袁家沟口，出现在敌人背后。当敌一二六旅跟踪追来时，我军抓住作战先机，以迅雷不及掩耳之势歼其3个多营，其余敌人见势不妙慌忙向南退去。我军则乘胜在蓝田、商县、山阳、镇安、柞水等县边区开展群众工作，建立地方游击队、抗捐军，以缴获的部分枪支武装群众，并建立了一批区、乡苏维埃政权，于是在北部五县边区又开创了第二块革命根据地。

鄂豫陕边区有许多贫苦群众自发组织的大刀会、红枪会等武装，他们以抗捐抗粮为宗旨，同土豪恶霸做斗争，但由于缺少正确领导，组织涣散，纪律松弛。

我军对这些刀会武装进行了团结教育和改造，派去干部加强领导，同时组建各区、乡游击武装，在柞水县红岩寺组建了第三路游击师，在山阳县袁家沟改造了当地的大刀会并编为第四路游击师，将镇安县店垭子改造的红枪会编为第五路游击师，将在郧西二天门一带建立的游击队编为第六路游击师，将在旬阳大小新川组建的游击队编为第七路游击师，将在山阳唐家河改造的红枪会编为第九路游击师。

　　为统一领导鄂陕边南部四县和北部五县边区根据地工作，指挥各路游击师的斗争，省委决定建立鄂陕特委和鄂陕游击总司令部，郭述申为特委书记（后戴季英、郑位三相继任特委书记），我为游击总司令。各路游击师根据特委和总部的指示，有分有合地行动，推动了根据地的建设。

　　两块根据地的开辟，对敌人造成了很大威胁。2月中旬，敌人加紧向我军进攻。我主力部队为掌握主动，先南下郧西，而后西进到洋县华阳地区，3月10日，在石塔寺打垮尾追之敌陕军警二旅，歼敌5个多营，在很短时间内乘胜建立了7个乡的革命政权，组建了华阳、茅坪两支游击队和数百人的抗捐军，从而建成了第三块革命根据地。

　　至3月下旬，我军向商洛地区行动，经柞水、蔡玉窑、曹家坪，于4月初到达蓝田县葛牌镇。至此，粉碎了敌人的第一次"围剿"，几块根据地也连成一片，并以袁家沟和红岩寺为中心建立两个区委，健全区、乡苏维埃组织，成立基层农民协会、妇女会、儿童团等群众组织，开办地方干部流动训练班，建立后方机关、医院和物资基地，根据地建设全面开展起来。

省委根据当时形势，决定开辟东部鄂陕边界地区。4月18日傍晚，我军攻克洛南县城，第二天召开群众大会，吴焕先政委讲了话，军政治部宣传队还演出了《纺线》《抓兵》等节目，将收缴的反动豪绅的粮食、财物分配给贫苦群众，对正当经营的店铺按政策加以保护，广大群众在战斗胜利和翻身解放鼓舞下革命情绪不断高涨，青壮年纷纷参军，攻克洛南的半个月内我军就扩大新战士600多人。洛南附近几座小煤窑的一些工人也参加了红军，为红二十五军增添了工人阶级的成分。

接着，我军在洛南、商县、商南、卢氏等县边区大力进行开辟根据地的工作，很快建立了一批区、乡苏维埃政权，成立了地方游击队，创建了第四块革命根据地，建立豫陕特委和豫陕游击师，由郑位三（后由李隆贵接任）为特委书记，方升普为游击师师长、曾焜为政委。

红二十五军入陕五个月的艰苦斗争，不仅在军事上取得了一连串的胜利，歼灭了陕军第一二六旅3个营、警二旅、警三旅大部，先后攻占了镇安、柞水、宁陕、佛坪、洛南五座县城；而且建立了四块根据地，初步建成了鄂豫陕革命根据地。红二十五军的胜利和鄂豫陕革命根据地的建立，使反动派大为震惊，出动共30多个团的兵力，发动了第二次"围剿"。

为了做好粉碎敌人"围剿"的准备，省委决定利用敌人"围剿"尚未到来的间隙，抓紧战斗整训，开展练兵运动，同时进行形势教育和反"围剿"政治动员，进一步提高干部指挥水平，加强连队和机关的建设。

5月下旬，省委在郧西地区开会，针对陕南山大沟深、交通不便，敌人机动和补给都有困难等情况，决定各路游击部队就地开展游击战争，牵制敌人，配合主力作战，同时发动群众坚壁清野，积极参加反"围剿"斗争；主力部队则采取"诱敌深入，先疲后打"的方针，寻机歼其一两个师（旅），以运动战和游击战相结合，打破敌人的"围剿"。

6月初，我军由郧西县二天门出发，向北直插商县地区。这时，各路敌人分别向东南开进，企图寻我主力决战。4日夜、5日晨，我军先后在商县夜村及商洛镇附近，与敌一一〇师、一二九师遭遇，毙伤敌团长赵绍宗以下200余人后继续向北，插到敌五十七军背后。这时，敌人原来指向东南的进攻矛头不得不改而向北，一〇七师由商县迂回到洛南县城东南迎面堵击我军，一一〇师和一二九师跟踪尾追，四十四师由山阳继续北上。我军见敌人密集，决心放弃打东北军的计划，掉头转向东南，继续在外线活动，以便进一步调动、分散和疲劳敌人，创造战机。

6月10日，我军从庾家河直奔东南。13日包围商南县城，14日攻下富水关，继而进占青山街，俘敌四十四师营长以下官兵170多人。这一突然行动，使北顾商县、洛南之敌又被牵向东南，各路敌军纷纷尾追而来。军领导决定继续向东南行动，而后远程奔袭荆紫关。

荆紫关为鄂豫陕三省边界要地，有敌四十四师后方临时补给站，守敌比较薄弱。为出敌不意，我军以手枪团化装成敌四十四师的部队，于 15 日下午 4 点出发，经 130 里急行军，16 日逼近荆紫关，没费一枪一弹将关外之敌缴械，迅速进到城下。守敌发觉后急闭城门，并向我开火，我二二三团跑步赶到，立即搭人梯登上城头，攻入城内，残敌向东南方向逃走。荆紫关战斗，歼敌 1 个多连，活捉敌四十四师军需处长，并缴获大批军用物资。

我军奇袭荆紫关后，敌第六十七军 3 个师、第四十四师和陕军警备旅等部均向荆紫关蜂拥而来，这时敌军部署已被完全打乱，部队也被拖得相当疲惫。为甩开密集之敌，我军又挥师西进，以继续分散和疲劳敌人，拟将敌诱入根据地中心区，然后选择有利战场歼其一路。

6 月 17 日，我军经郧阳县南化塘、商南县赵家川等地向西挺进。这时，各路敌人都被甩在后面，距我最近的警一旅也有四天路程。军领导决定，哪一路敌人先到就消灭哪一路，在这一带活动的我地方武装第三、四路游击师积极配合主力部队侦察敌情、封锁消息，各级党政组织动员群众组织担架队、救护队随时保证部队需要。

6 月 29 日下午，陕军警一旅追到黑山街附近，我军稍与其接触后即向根据地中心区袁家沟口退去，袁家沟口及其以西的桃园岭一带是一条长 10 多里的深沟，两侧山高林密便于隐蔽，军领导当即选定这里为伏击战场。为诱敌进入伏击圈，我军离开袁家沟口，向西北红岩寺撤去。7 月 1 日，警一旅追到袁家沟口，我军则连夜返回桃园岭。清晨大雾弥漫，敌人正在袁家沟口集合，我军立即发起攻击，各种火器突然向密集之敌猛烈射击，敌人顿时乱成一团，各部接着向敌人发起勇猛冲击，群山号响、满谷杀声，经过一番激战，敌大部被缴歼。战后，附近各村群众敲锣打鼓把猪羊送来慰劳红军，军民召开祝捷大会共庆袁家沟口战斗的重大胜利。

袁家沟口战斗后，各路敌人均不敢贸然行动，我军乘胜东进转入外线，北出终南山，威逼西安。至此，敌人妄想在三个月内消灭我军的第二次重兵"围剿"宣告破产。

红二十五军在威逼西安的行动中，从报纸上得悉中央红军和红四方面军已在四川省西部会师，并有北上动向，省委在沣峪口召开会议，做出了西征北上的战略决策。7 月 16 日，红二十五军主力踏上继续长征的道路，北上陕甘，与陕甘红军合编为红十五军团。

与此同时，留下的鄂陕、豫陕两特委合并为鄂豫陕特委，领导游击武装坚持鄂豫陕根据地的斗争，留下的部队及游击队合编成红七十四师，继续转战于鄂豫陕边区的 24 个县，经历大小战斗上百次，有力地策应了主力行动。特别是在 9 月，红七十四师为策应东出陕甘边的红二方面军的行动，积极转战于镇安、柞水、洛南、商南吸引住敌人，接着北上威逼卢氏县城，而后在华山脚下转了一个大圈，并派少数部队登上华山张贴标语大造声势。红军"闹华山"的消息不胫而走，搅得敌人四处告急。

后来，毛泽东同志曾问过我们这一段情况，并说中央红军在西北取得西征胜利，你们在东南"闹华山"，配合得好啊！

1937 年 1 月 22 日，已发展到 2000 余人、编有 3 个团的红七十四师与红十五军团胜利会合。

吴焕先政委壮烈牺牲*

程子华

　　1935 年 7 月 15 日，我们从原鄂豫皖省委交通员石健民同志从西安带来的中央文件和报纸了解到：1935 年 1 月，党中央在长征途中召开了遵义会议。6 月中旬，中央红军在四川西部的懋功地区和红四方面军会合后，已向青海、甘肃边境北上了。

　　当天，省委在长安县沣峪口召开紧急会议，认真分析了形势，认为：敌军在川甘边界阻止红军北上，我军西出甘肃破坏敌军后方，配合主力红军的行动，是当前最主要的任务。省委也考虑到陕南的情况，活动范围不大，物资不能供给扩大了的红军的需要，北上与陕甘红军会合，就可以更好地配合中央红军在西北的行动。于是决定省委应率红二十五军西征北上。

---

　　* 本文节选自《程子华回忆录》，中央文献出版社 2015 年版，收录时做了适当修改。

7月16日，红二十五军沿西兰公路东进，攻克隆德县城。当日黄昏继续东进，连夜翻越六盘山，直逼平凉县城。西兰公路是敌军由内地通往甘肃的唯一交通干线。我军活动了十多天，使敌交通断绝。蒋介石在8月10日电报中曾称："查徐海东匪军西窜原因在策应朱、毛，我军应采用内线作战要领，先以优势兵力迅速解决徐匪，再行以全力回击朱、毛。"敌第三十五师一面令一〇五旅一部增援平凉，一面令骑兵团等向泾川县城集中，妄图将我军逐出陇东地区。

我军为牵制敌人，于20日绕过平凉县城，南渡泾河，沿公路进至白水镇。敌一〇五旅3个步兵团尾追而来。傍晚，我军冒大雨到马莲铺以东，抢占打虎沟高地，歼敌1个多营。因连日暴雨，公路北侧的泾河河水猛涨，再北渡泾河已很困难，而公路南侧，又被一道几十里宽的高塬所阻，回旋余地很小。我军暂时撤离公路，南渡泾河的支流汭河，佯作进攻灵台转向陕西模样，实则计划西去威逼崇信县城，继续切断西兰公路，并积极探听中央红军的行动消息。

8月21日，我军离白水镇向东，徒涉汭河。部队刚过了一半，山洪暴发，河水突涨，军直属队和二二三团被阻于汭河北岸。就在这时，敌三十五师一〇四旅二〇八团1000余人，乘机向我突袭。我先头部队均已渡过汭河，难以回援，后卫部队背水作战，形势极为不利。二二三团一、二营投入战斗，由西南方向反击敌人。

战斗一打响，吴焕先政委带领交通队和学兵连100余人，从河边冲到塬上，直插敌阵。他向战士们振臂高呼："同志们！压住敌人就是胜利，决不能让敌人逼近河边！一定要坚决地打！"

战士们不顾泥泞路滑，迅速抢占了塬上制高点，从侧翼向敌人发起冲击。我二二三团三营在重机枪火力的掩护下，集中力量实行反击，形成对峙夹攻之势，敌纷纷溃散。战斗在激烈进行时，亲临前线指挥作战的吴焕先政委，不幸中弹牺牲。这一噩耗，激起指战员们对敌人的无比仇恨，与敌拼刺刀肉搏，将敌人压到一条烂泥沟里，全部歼灭，并击毙了敌团长。

吴焕先同志是鄂豫皖革命根据地和红四方面军创始人之一。早在1926年，他就从事农民运动，参加领导著名的黄麻起义。1931年以后，他历任中共鄂豫皖省委委员、中国工农红军第四军十二师政治部主任等职。1932年10月，红四方面军主力撤离鄂豫皖时，他留任鄂东北游击司令部总司令。他根据鄂豫皖省委决定，主持重建红二十五军，先后担任军长、政治委员。他在领导红二十五军坚持鄂豫皖边区武装斗争中，有着不可磨灭的丰功伟绩。

在省委书记徐宝珊病重、我和徐海东都身负重伤的严重时刻，他勇挑革命重担，主持全面工作。徐宝珊同志病逝后，他代理鄂豫陕省委书记，肩负最繁重的责任。红二十五军北出终南山，威逼西安时，得知中央红军消息后，吴焕先同志在长安县沣峪口主持召开了省委紧急会议，做出西出甘肃，直逼敌后方，配合红军北上的决定。在远离中央领导、又与兄弟红军隔绝的情况下，省委能够独立做出战略决策，这是与吴焕先同志的通观全局的战略远见、坚决果断的革命胆略分不开的。

长征到达陕南时，吴焕先同志曾多次说过，消灭敌人一个团，都不如缴获一部电台，有了电台就可以与党中央取得联系，及时得到党中央的指示。为了向中央报告情况，我们从沣峪口出发的第二天，他连夜写了一份长达 8000 字的书面报告，就红二十五军的作战行动、有关斗争策略和省委工作中的进步和缺点，如实向中央做了反映。西征北上途中，吴焕先同志常派手枪团搜集各种报纸，借以了解主力红军的行动消息和川、陕、甘边的战事动向。记得打下川陕公路要地双石铺后，就是从截俘敌少将参议的口供和几张《大公报》上，进一步获悉主力红军正在北上的确切消息。吴焕先同志及时向部队提出"迎接党中央"和"迎接主力红军"的战斗口号，鼓励全体指战员奋勇向前，积极策应主力红军的北上行动。

长征途中，部队每路过一地，吴焕先同志都不顾个人劳累，深入了解当地的社会状况和民情风俗，及时地制定出新的政策、策略。我军从泌阳以东地区路过时，沿途地主武装盘踞的围寨很多，为争取时间急速北上，吴焕先同志曾要政治部提出不进围寨，不打土豪，部队所需粮草，一律实行购买；并指示给寨主头目写信，散发《北上抗日出发宣言》，宣传党的抗日救国主张，使其明了民族大义，沿途勿加阻拦。这些政策措施都收到良好的效果，保证部队顺利穿过豫西平原。

吴焕先同志在红军中长期从事军事和政治领导工作，没有受过系统的军事教育，但他能够在革命战争中学习战争，长期的战争实践造就了他的军事才能，提高了他的作战指挥艺术，成为一名英勇善战的军事家。在多次极为险恶的战斗中，他不顾个人安危，身先士卒，冲锋在前，使部队一次次化险为夷，转败为胜。吴焕先同志牺牲时，只有 28 岁。他的牺牲是红二十五军以至中国革命力量的一个重大损失。

红二十五军长征到陕北 *

徐海东

我军强渡泾河，经过数天的行军，便进入了陕北苏区的边沿。这里是白区和红区交界的地方，部队翻山越岭走了三天，也没碰到一个村庄。背的干粮吃光了，全军两天没吃上东西，许多同志饿得昏倒在路上。这天下午，忽然发现了一个羊群，有500多只羊。一盘问，是羊贩子的。我们和贩羊的人商量一番，他便把羊卖给了我们，我们的部队就吃起羊肉来。没有盐，锅也少，有脸盆的用脸盆煮，没有脸盆的，把羊肉切成薄片片放在石板上烤；有的拿着羊腿放在火上烤。幸亏了这群羊，才使我们坚持到了陕北苏区。

开始进入苏区，我们说话口音不对，有些群众不知我们是什么队伍，纷纷逃走。可是，当群众知道我们是红军时，就相继归来，分外亲切。消息传得很快，习仲勋、刘景范等

---

　　* 本文节选自中共陕西省委党史研究室编《西北革命根据地回忆录精编》（五），陕西人民出版社2014年版，收录时做了适当修改。

同志先后找来了，并且召开了群众大会欢迎我们。来到陕北苏区，我们好像到了家一样。

和习仲勋同志会面后，又经过连续四天的行军，到达了永坪镇。在这里，我们和刘志丹同志会面了。志丹同志穿得十分朴素，沉静谦虚，看外表，你想不出他会是黄埔五期的学生。他是陕北苏区的创始人之一，对革命事业忠心耿耿，深受陕北人民和战士的爱戴，人们都亲切地称呼他"老刘"。我们见到他，真是高兴万分。他也像我们一样，正热切地盼望着毛主席和党中央，可是也不知道中央确实的消息。

两军会合之后，红二十五军和红二十六、二十七军合编为红十五军团。党决定由我任军团长，刘志丹同志任副军团长，程子华同志任政治委员。1935 年 9 月 18 日，九一八事变四周年，我们在永坪西南一个干部学校门前操场上，举行了红十五军团成立大会。两军合一，7000 多人，真是人精马壮。周围几十里以外的群众，都赶来参加了大会；会场上红旗飘扬，遮天蔽日，许许多多的大字标语贴在临时搭起的主席台上，主席台的两旁贴着两张特别大的标语：

"两军亲密团结，携手作战！"

"迎接中央，迎接毛主席！"

会上，党的负责同志和我们军团几个主要负责同志都讲了话。

此时，敌人正对陕北苏区进行第三次"围剿"。敌人的兵力，除了原来就在陕北的 4 个师外，东北军的 7 个师也跟在我们后面赶来。红十五军团成立的第二天，我们就商讨反"围剿"的作战计划。两军会合之后，战士们说："一定要打个漂亮仗。"我们指挥部的同志们也是这样想：一定要打响第一炮。

我们在讨论作战对象的时候，有的同志提议先打驻米脂一带的井岳秀师，或者高桂滋师，出横山，与神木、府谷苏区打成一片，然后打出三边。经过讨论，大家一致认为：吃掉这两个部队，把握大一些。可是目前大兵压境，消灭这两个部队，对敌人的打击不重。还是先打东北军好，因为如果把东北军的主力搞垮一两个师，就会使陕北战局发生重大变化。

据情报：东北军 7 个师分成两路，一路是王以哲率领的 3 个师，从陕西向我进攻，一一〇师、一二九师已经到了延安；一一〇师留 1 个营在甘泉，军长王以哲带军部和一〇七师驻守洛川、鄜县（今富县）；其余 4 个师在甘肃境内由军长董英斌带领，经合水向我进攻。我们决定：围攻甘泉，调动延安的敌人，拦路打它的埋伏。

经过 3 天的急行军，我们绕过延安，到达了延安南 90 里的甘泉附近。部队在甘泉以西王家坪一带休息。我和志丹同志带着团以上的干部，来到了甘泉北 15 里的劳山附近。一看地形，非常理想：甘泉北有一条通向延安的公路，路两旁是连绵起伏的山岭，把延（安）甘（泉）公路夹在当中，像是一条口袋，而且两边山上树木茂密，便于埋伏。如果把敌人放进来，真如同把狐狸装进口袋里。决心下定了，但是我们考虑到敌人刁滑，必须埋伏在他们意想不到的地区。

回来后，指挥部的同志详细地商讨了部署，决定派一部分小部队围攻甘泉，大部队在劳山附近打延安来的援兵。估计：我军第一天包围甘泉，第二天延安的敌人可能起身，那么第三天上午即可进入埋伏地区。战斗按着计划开始了，围攻甘泉的第二天，我和志丹同志分头带领部队，进入了埋伏区。出发前，对参加埋伏的部队进行了严密的组织，又规定每人携带三天的干粮，进入埋伏地区后，不准生火，不准走动，指挥枪不响，任何人不得开枪。等到第三天上午，却不见敌人的影子，我心里好急，暗暗想：何立中（敌人一一〇师师长）一向找着我们打，这回怎么耍滑头了，莫非走漏了风声？

我们正在着急，派出去侦察的便衣气喘吁吁地跑回指挥部，报告说："来了，来了！"指挥部设在西山上一棵大树下，我从望远镜里看到了敌人的先头部队。原来估计，敌人要是两路行军，必有2个团钻进来，如果再追一下，可以搞到他2个多团。谁想，敌人一露头，是四路前进。看来，何立中太欺负人了！敌人虽有防备，但他们把我军可埋伏的地区估计错了。据后来抓住的一个参谋说，何立中骑在马上，过了他预计我们埋伏的地区后，向参谋长说："龙潭虎穴已过，不会再钻进共军的口袋里了。"他正说这话的工夫，我军开枪了，道路两旁机枪、手榴弹立刻混响起来，几千敌人像黄蜂窝挨了一棍，不知向哪里跑好，有一股敌人企图抢夺山头，被打垮了；有的企图往前突围，被军团部派出去的短枪团把路给堵住了。

敌人开始顽抗，不肯缴枪，我们的战士连打带喊话："缴枪吧，你们跑不出去了！""放下武器一律优待！"敌人这个部队里有好多士兵了解我军的政策，在此情况下纷纷缴了械。这部分敌人不愧是红军的"老朋友"，士兵们放下枪后，有的说："我这是第二次向你们缴枪了！"有的说："我是第三次缴枪了。"还有的发誓说："我一枪没放。"他们像是纷纷表白自己的"功绩"。有的俘虏问我们战士："你们怎么知道我们要来？"我们同志回答得很好："我们指挥部特别邀请么！"战斗只有6个多钟头，一一〇师全部被歼，3700多人做了俘虏，师长何立中和参谋长被打死。缴获的武器很多。

战斗结束后，我们在劳山附近休整。我七十八师师长杨森同志带队去羊泉侦察，又在那里歼灭了敌一〇七师4个营。

这两仗，把敌人"围剿"的气焰打下去了。敌人改变了战术，采取步步为营的"堡垒政策"。我军乘胜扩大战果，强攻榆林桥，又消灭了一〇七师1个团。这个团是东北军的主力，团长高福源（外号叫高包脖子）曾经当过张学良的警卫营营长。开始，从俘虏中就是查不出这个团长。后来有个同志看见俘虏中有一个穿得蛮漂亮，便故意诈他说："你就是高福源！"这个俘虏连忙说："我不是，我不是，我是理发工人。"说着嘴向旁边一歪，原来"高包脖子"就在旁边。

打完这仗，我们得到了中央红军的确实消息，知道毛主席离我们不远了，先头部队已经到了吴起镇。我们一面派人去迎接，同时对指挥部的同志说："毛主席快到了，再打他一仗，作为见面礼！"

下一仗从哪里下手呢？一一〇师搞掉了，一〇七师搞垮了他5个营，米脂方面高桂滋、井岳秀两支部队放弃了瓦窑堡向北逃走了，附近敌人不多了。我们讨论了一番，决定把后方留下，部队立刻南下。

我们决定攻打张村驿。这是个小镇，敌人不多，周围4个围子有300多条枪，因对我们妨碍甚大，决定把它收拾掉。战斗刚开始，忽然从军团部后方跑来了7匹快马。军团政治委员程子华同志派人送来了信：毛主席今天下午到司令部来。这是多么激动人心的消息啊！天天盼，天天想，毛主席到底来了！

我立刻命令部队暂时停止攻击，然后快马加鞭地往回奔。心急只嫌马跑得太慢，到底慢不慢？135里，当中还有两座山，3个钟头就赶到了。已经是初冬了，赶到司令部时，我已是满身大汗。刚洗了一把脸，毛主席来了。一块来的共4个人，都穿着朴素的灰棉衣，哪一位是毛主席？不认识。子华同志是中央来的，他介绍后，毛主席向我伸出手来，亲切地说："是海东同志吧。你们辛苦了。"

我用双手把毛主席的手握住，久久地望着他那可亲的面孔，不知说什么好。盼望了好久，总算见着了。

毛主席问了部队的情况，也问到同志们吃的和穿的。我们回答之后，毛主席拿出一份三十万分之一的旧地图，问我们："陕北的三次反'围剿'怎么样了？"

我们把敌人的情况扼要地做了报告。毛主席看着地图，又问："你们准备下一步怎么打？"

我们报告后，主席折起地图，亲切地说："好吧，先按你们的部署，把张村驿打下来，咱们再共同考虑下一步的行动。"

我们跟主席一起吃完了饭，我临动身回前线的时候，主席向我说："给你一部电台带着。"

这几年，我们的交通联络都是原始工具，哪里用过电台！我向主席说："我不会用它。"

"不要你自己动手，"主席笑着说，"需要联络，你向电台工作同志说，他们会使用它。"

当晚，我离开主席回前方的时候，感到全身是力量。有中央首长的直接领导，对粉碎敌人的"围剿"更加充满了信心。

回到前方，我立刻将毛主席和中央领导同志到来的消息传达下去，转告了毛主席对大家的问候。部队的情绪沸腾起来，这个问："毛主席什么时候来这里？"那个问："哪天能看见毛主席？"我说："咱们把张村驿打下，大家一块去见毛主席！"

这几句话，比什么口号都有鼓动力。战士们喊着口号："打下张村驿，去见毛主席！"一鼓作气，爬上了张村驿两丈多高的围墙。接着把张村驿附近据点都打开了，缴获了很多粮食。

战斗结束后，我向毛主席发了电报，报告了胜利。这是我做红军指挥员以来发的第一封电报。当天，毛主席回了电报，向参战的同志问候。就在这次战斗之后，我们就和中央红军会师了，毛主席亲自指挥陕北会师的各路大军，在直罗镇歼灭了一〇九师全部和一〇六师1个团，彻底粉碎了敌人对陕北苏区的第三次"围剿"。

胜利到陕北[*]

刘　震

　　袁家沟口战斗后，我军乘胜北出终南山，威逼西安，使敌人在西北进攻红军的总后方——西安大为震动。至此，敌人妄图在 3 个月内消灭我军的计划彻底破产。

　　1935 年 7 月 15 日，省委交通员石健民同志来到军部，带来了中央红军和红四方面军已在川西会师并有北上动向的确切消息。当晚，省委在长安县沣峪口召开紧急会议，决定红二十五军西征北上，与陕甘红军会合，以配合主力红军在西北的行动，迅速在西北创建新的革命根据地。我们深感这一战略决策完全符合全国革命形势发展的需要，符合党中央率领主力红军北上抗日的战略意图，也反映了红二十五军指战员与主力红军会师的热切愿望。16 日，我们又踏上了继续长征的道路。为了迷惑和摆脱敌人，部队先南下佯作威逼

---

　　* 本文节选自《刘震回忆录》，解放军出版社 1990 年版，原标题为《胜利进入陕北》，收录时做了适当修改。

汉中，然后转向西北挺进。

　　走了十多天，行程数百里，8 月 1 日占领了甘南和陕西交界的双石铺。这是古战场，据说三国时代马谡失街亭就在这里。我到军部开会听领导同志谈论马谡的故事，望着附近的群山峻岭，有的同志说："可见马谡太麻痹大意，这样的地势易守不易攻，怎能把街亭失掉呢？"有的说："马谡违背了诸葛亮的旨意，又不听下级的正确意见，不靠山近水扎营，街亭必然失守！"

　　后来得知，我军在双石铺俘敌少将参议一名，缴获大批文件和报纸。7 月 22 日《大公报》报道红军主力"已越过六千米的巴朗山，向北进行，……似有窥甘青交界之洮州、岷县、西固等处"，军领导认为，敌人的口供和报纸都证实了主力红军正在北上，决定立即进入甘肃境内直捣敌人后方，配合主力红军的北上行动。

　　我军大胆向敌人纵深挺进，在攻克两当，围困天水，北渡渭河，占领秦安后，于 8 月 14 日又威逼静宁县城，继而切断了横贯陕甘两省的交通大动脉西（安）兰（州）公路，15 日进入静宁县的兴隆镇。兴隆镇是回民聚居的地区。为尊重回民的宗教信仰和风俗习惯，军政委吴焕先对部队进行了民族政策教育，制定了"三大禁令、四项注意"：禁止驻扎清真寺，禁止打回族的土豪，禁止在回民家中吃大荤；注意尊重回民的风俗习惯，注意用回民水桶在井里打水，注意回避青年妇女，注意实行公买公卖等。听说他还召集当地的知名人士和阿訇开座谈会，宣传共产党的抗日救国主张和政策，并拜访了清真寺，赠送了匾额礼品。我军的实际行动，扩大了党与红军的影响。后来，中央红军到达陕北时，毛主席还夸奖红二十五军过陇东回民区的民族政策水平高，执行得好。

8月17日，我军沿西兰公路东进，一举攻克隆德县城，接着翻越六盘山，在马莲铺以东冒雨追敌将三十五师一部打垮。在此前后蒋介石曾接连从成都行辕发出五道电令，最初要求加强封锁，防止我军入甘；继则督饬陕军各部"不分省界，跟踪追击"，并要五十一军"轻装截堵"，围歼我军。最后，蒋介石在8月10日的电报中声称："查徐海东匪西窜原因在策应朱毛，我军应采用内线作战要领，先以优势兵力迅速解决徐匪，再行以全力回击朱毛。"电令抽调兵力集中对付我军。敌一部由四川江油北上甘肃文县，一部东移天水，准备南下的六十师和中央补充第一旅均不得不暂时滞留在文县碧水一带。可见，我军的上述行动在一定时期内牵制了敌人，减轻了对中央红军的压力。

8月21日，我军由泾川县城以西翻越王母宫塬，徒涉汭河。部队刚过一半，山洪暴发，河水陡涨，军直属队和在塬上担任后卫的部队被阻于汭河北岸。此时，敌三十五师千余人从塬上突然来袭，我军后卫在塬上四坡村与敌展开激战。因先头渡河部队难以回援，后卫部队处于背水作战，形势极为不利。正准备过河的吴焕先政委见此情景，立即带百余人冲上塬头，直插敌人腰部，他向部队高呼："压住敌人就是胜利，决不能让敌人逼近河边！"我们不顾泥泞路滑，从侧后向敌人发起冲击。与此同时，塬上部队也实行反击。在我军夹击之下，敌人纷纷溃散。战斗中，吴政委壮烈牺牲在我营阵地上，我悲痛不已。

吴焕先同志是鄂豫皖革命根据地创始人之一，是红二十五军的卓越领导者。他作战英勇，身先士卒，在几次生死存亡的战斗中临危不惧，指挥部队屡建奇功。对我来说感受最深的是，他善于做政治思想工作，密切联系群众，以身作则，关心下级，言传身教，深受广大指战员的爱戴，尤为各级政治干部学习的楷模。他的牺牲是红二十五军胜利前进中的一个重大损失，大家无不悲痛落泪。他的革命精神和英雄事迹，鼓舞广大指战员继续奋勇战斗，一鼓作气将敌人全部歼灭。我军过了泾河以后，经由镇原、庆阳县境，翻沟跨塬，兼程前进。敌第三十五师除令西峰守敌加强防守外，并以骑兵团和步兵第二一〇团跟踪追击。我军在经过西峰镇和翻越赤城塬时，两次打退骑兵的尾追。

9月3日，我军渡过马莲河，进抵合水县板桥镇。4日晨，我军从板桥镇出发前，因部队集合讲话过长，没有按规定时间出发，加之警戒疏忽，以致后卫第二二五团第三营遭到敌骑兵突然袭击。在此紧急时刻，副军长徐海东从前卫赶到后尾，指挥第二营投入战斗，掩护第三营突围。但因敌众我寡，也陷入敌包围之中，情况十分危急。此时，我和营长韩先楚带领第一营迅速抢占一座山头，以猛烈的火力坚决击退敌人进攻，掩护徐副军长突出重围。

接着，我军经太白镇、东华池之间渡过葫芦河，沿陕甘边界的崇山峻岭继续向北前进，沿途贫瘠荒芜，人烟稀少，无粮可筹，加之道路崎岖难行，部队体力消耗很大。最后，全军断粮，饥不可支，有的同志走着走着就昏倒在地。为了给同志们充饥，不少营以上干部把自己的乘马宰掉，我也让炊事班杀了自己的战马。正在十分困难之时，恰遇上一赶羊商贩，军领导决定买下全部四五百只羊，才解除了严重的饥饿威胁，得以继续前进。

9月7日，我军到陕甘边革命根据地保安（志丹）县的豹子川。9日，部队进至永宁山，与陕甘党组织取得了联系。我军在永宁山稍事休息后，即在陕北党组织、红军和人民群众的热烈欢迎声中向永坪镇开进。一路上，人民群众送水送饭，送米送柴，送鞋送袜，到处都可见到欢迎红二十五军的标语，听到热烈欢迎的口号。如陕北民歌中所唱的：

> 一杆杆红旗空中飘，红二十五军上来了。
> 来到陕甘洛河川，劳动百姓好喜欢。

9月15日，我军胜利到达延川县永坪镇。至此，红二十五军经过艰苦奋战，历时10个月，行程近3000公里，胜利完成了长征，成为红军长征中先期到达陕北的一支队伍。

永坪会师*

霍春华

　　1935 年 9 月中旬的一天早上，雾特别大，相隔十来步远就看不见人。但是，永坪镇附近的红军和老乡，一大早就从四面八方涌到永坪镇的河道上。因为今天，经过长途跋涉，冲破了层层封锁，战胜了无数艰险困难，胜利到达陕北根据地的红二十五军，就要和我们陕北红军会师了。

　　一会儿，太阳渐渐升起来，浓雾消散。我站在高坡上一望，十多里长的道路两旁，整整齐齐地排列着欢迎的人群。人群中，有红军部队，有红大学员、赤卫队员，也有妇女会员、少共团员、政府的干部、学校的学生和当地的老乡。三四道大彩门，矗立在道路中间。山沟和大路两旁的岩石上、树干上，贴满了花花绿绿的标语。上面写着："欢迎红二十五军老大哥！""消灭晋军！消灭高桂滋！""夺取敌人的武

---

　　* 本文节选自《回顾长征》，人民出版社 1985 年版，收录时做了适当修改。

器武装自己！"……河沟草地上，许多孩子吹着小笛儿，用尖溜溜的小嗓子唱着：

打倒豪绅地主哟，打倒反动派，
男女都平等哟，人人闹革命，
大人娃娃一条心，革命早成功……

歌声、笛声，和着人们的笑声，荡漾在晴朗的天空。

一会儿，一位指挥员，骑着一匹枣红马，来到部队前面。他勒马向大家问道："准备好了吗?"大家齐声答道："准备好了！"他又继续说道："红二十五军跋山涉水，受尽千辛万苦，来到咱们陕北，马上就要和我们会师了！招待客人，本来应当拿出些礼物，可咱们这里的政权刚刚建立，又受着敌人的封锁，拿不出什么东西来。但是我们却有着一颗火热的心，我们一定要热情地欢迎红二十五军的同志们……"

正说着，后沟里跑来两匹战马，队伍里马上吵吵嚷嚷地议论起来："交通员回来了！""一定是红二十五军来到了！"……果然两个交通员在马上气喘吁吁地大声向指挥员报告说："二十五军到了！正在前面庄上整理队伍。"

指挥员听了，两腿紧夹马肚，调回马头，打了一个响鞭，喊了声"老大哥来了！准备欢迎！"带着两个交通员便奔向前庄去了。

队伍里顿时热闹起来，"立正！""立正！""向右看齐！"
"向右看齐！"……口令声此起彼伏。

庄头上出现了一杆迎风招展的红旗，后面是黑压压看不
到头的队伍。立刻，河道里也响起了锣鼓声、歌声和口号
声。正在田里干活的老乡们，听到锣鼓响，也扛着锄头跑
来了。

徐海东同志走在队伍的最前面。他身材高大结实，穿着
一身青色军装。八角形的军帽上，还钉着一颗红五星。他一
边走，一边笑着挥手向我们问好。紧跟在首长们后面的是骑
兵警卫排，再后面是手枪团。手枪团大多数同志都穿着黑军
装，腰里缠着"九龙袋"，每人背着一把盒子枪和几颗手榴
弹，身后还斜挎着一把大刀。他们排成四路纵队，整齐地走
了过去。我们一个劲地喊口号、唱歌，他们一个个精神奕
奕，笑容满面，也唱着歌来回答我们。手枪团的后面是八十
来个人组成的司号连，吹打得哇哇响。再后面是几十个十五
六岁的宣传员，没有化装就又唱又舞地走了过去。

在一些抬着伤员的担架过去以后，战斗部队过来了。先
是二二三团，嗬！一个连就有 5 挺轻机枪，每个营还有 6 挺
重机枪。步兵分成三路纵队行进，都扛着一色的马步枪，有
的还上着明晃晃的刺刀。当中还夹杂着一些挑夫，竹扁担颤
悠悠地闪动着。他们照样唱歌、喊口号，有时趁着换肩的机
会，还连连朝我们招手。

大家目不转睛地看着、称赞着。特别是对他们的武器装

备，更感兴趣。凑巧这时二二三团刚走完，后面部队还没有来到，一个戴红臂章的通信员走了过来。我们一下把他包围起来。有人问："你们那一色的马步枪，都是咱红军工厂自己造的吗?"通信员指着我们一些赤卫军背的红缨枪回答说："不是的，我们原来扛的也和你们一样。现在的枪都是从敌人手里夺来的。"大家一听，便纷纷谈论起应该学习老大哥的艰苦、勇敢精神。谈着谈着，后面的部队又上来了。我们这才放走了通信员，又欢迎起后面的部队。

一直把红二十五军的同志送到了红大休息，欢迎的人们才各自回家去。路上，我激动地想：高桂滋、阎锡山还梦想3 个月消灭我们，哼! 等着瞧吧! 红二十五军来了，我们的力量更大了，还不知道谁消灭谁呢! 回到驻地，同志们也都顾不得吃饭，就凑在一起议论开了。这个说："嘿，咱们老大哥的武器比'大红鞋姑娘队'（敌八十四师的士兵很怕死，都用红布做棉鞋，所以大家都叫他们是大红鞋姑娘队）的武器还要强好几倍。"那个说："比阎老西（即阎锡山）的武器也强!"说得大家都高兴地哄笑起来。

过了两天，我们跟红二十五军互相进行参观访问活动。贫农会也把老大娘、小伙子、小媳妇都组织起来，带着绣花荷包、袜底等东西去慰问他们。到了驻地，男的帮战士们劈柴、打水，妇女就抢着洗衣服、补袜子。战士们也把打土豪得来的花布、丝线回赠给老乡。

参观回来的路上，一个老大娘不断地数说着："姑娘们!

小伙子们！这回你们好好生产吧！'红鞋队'、晋军，保险再不敢来了。"

第四天，是正式的联欢大会。陕北的红军部队、赤卫军都赶到永坪来了。在炼油厂左边的河滩上搭了一个大台子，上面横挂着"欢迎红二十五军"的标语。台子顶上插满了红旗。会场当中用石灰画了一条粗粗的白线，左边坐着红二十五军，右边坐着我们陕北红军。满场都飘荡着红旗，旗杆上的黄铜帽在太阳底下闪耀着金光，从高处望去，简直是一片旗海。两边的部队都有啦啦队，歌声和哄笑声此起彼伏，真是热闹极了。

会议开始了，徐海东同志讲了话。他对红二十五军到达陕北根据地后处处受到热烈欢迎表示感谢。又说红二十五军不过是南方红军的一小部分，以后还要有大批红军到陕北来。另外也讲了一些沿途的战斗情况。接着是各部队和妇女会、赤卫军等团体的代表讲话。

最后是刘志丹同志讲话，他穿着一身灰蓝色军装，腰上扎着一根皮带，挂着一支手枪，瘦瘦的个子，往台上一站说道："我们陕北根据地还很年轻，敌人用尽了一切办法想消灭我们，可是他们并没有能够如愿。金松山（敌师长）被我们消灭了，又来了个高桂滋。高桂滋吹牛三个月要征服我们，三个月早过去了，我们没有被征服，而他自己眼看就要完蛋了。现在晋军、东北军又跟上来了，可是我们的红二十五军也来了。我们的力量更强大了，现在不是敌人追着打我们，而是轮到我们收拾他们的时候了。"

接着他又说："我们只要不断地壮大红军，根据地就能巩固。大家都看到了，红二十五军的同志们带来了很多枪支，现在需要的是有更多的人来背它，谁愿意来背呀?"这一问，台底下的老乡们轰动起来了，特别是那些小伙子们，他们大声地嚷道："我愿背!""我愿背!"当场就有许多人参加了红二十五军。

会后，各地都掀起了参军热潮，红军迅速地发展起来。不久，我们便在劳山消灭了敌人的一一〇师，击毙了敌师长何立中。陕北根据地更加扩大和巩固了。

组建红十五军团[*]

郭述申

  1935 年 9 月，红二十五军经过 2 个月的艰苦转战，打破了敌人的追击堵截，胜利到达陕北革命根据地，完成了长征。

  陕北革命根据地，包括陕甘边、陕北两块根据地，是在刘志丹、谢子长同志的领导下，经过长期艰苦斗争创建的。它和全国其他红色根据地一样，遭受了敌人的残酷"围剿"，也受到王明"左"倾冒险主义的危害，是当时仅存的一块比较完整的根据地。我们在鄂豫陕边开创新区时，就听到陕北根据地广大军民英勇斗争的事迹，他们在中国的西北举起了革命的红旗，先后粉碎敌人两次"围剿"，解放 6 座县城，使陕甘边和陕北两块根据地连成一片，为全国红军北上抗日创造了条件。他们取得的一次次胜利，都使我们受到

---

  * 本文节选自《组建红十五军团，迎接党中央和中央红军》，收录时做了适当修改。

很大鼓舞，红二十五军广大指战员早就盼望着能和陕北兄弟部队胜利会师。我们一到陕北，就受到了根据地广大军民的热烈欢迎。从此，我们同陕北军民开始并肩战斗。

红二十五军到达陕北延川县永坪镇后，9月16日，刘志丹等同志率领红二十六、二十七军来到永坪镇，和红二十五军胜利会师。为了巩固和扩大陕北根据地，统一领导和指挥作战，9月17日，在永坪镇召开了中共西北工作委员会与中共鄂豫陕省委联席会议。我参加了这次会议。会议决定：成立中共陕甘晋省委，组建红十五军团。

9月18日，在永坪镇广场上，举行盛大的联欢大会，庆祝胜利会师，纪念"九一八"四周年。周围几十里的赤卫军和群众纷纷赶来参加。会场四周张贴着"欢迎红二十五军""庆祝红军胜利会师""团结起来，坚决抗日"等标语，红旗招展，歌声嘹亮，人人兴高采烈，洋溢着两支兄弟红军亲如手足的战斗友谊和根据地人民对子弟兵的炽热感情。会上，刘志丹、徐海东、郭述申、聂洪钧、朱理治先后讲话，分别代表陕北根据地人民和红军、红二十五军、西北军委、中共西北工委，祝贺胜利会师，号召全体军民互相学习，加强团结，积极参加抗日救国运动，坚决粉碎敌人对陕北根据地的第三次"围剿"，为巩固和扩大陕北革命根据地而奋斗。当时，程子华同志因伤重未参加大会，徐海东同志让我代表红二十五军讲话，我讲完话后，在刘志丹等同志的要求下，徐海东还是讲了话。他代表红二十五军全体指战员，对陕北根据地党政军民的热烈欢迎表示衷心感谢，道出了红二十五军全体指战员的心声。

会后，在中共西北代表团和陕甘晋省委的主持下，红二十五军、红二十六军、红二十七军合编为红十五军团。军团长徐海东，政治委员程子华，副军团长兼参谋长刘志丹，政治部主任高岗，我为政治部副主任。下辖七十五师、七十八师、八十一师。七十五师由红二十五军编成，师长张绍东，政委赵凌波；七十八师由红二十六军编成，师长杨森，政委张明先；八十一师由红二十七军编成，师长贺晋年，政委张达志；军团机关和直属队编有司令部、政治部、供给部（部长查国桢）、卫生部（部长钱信忠）、手枪团、补充团、交通队。全军团共 7000 余人。

红二十五军和红二十六军、红二十七军的会师，是中国工农红军在西北大会师的前奏，红十五军团的建立，对粉碎敌人第三次"围剿"，巩固和扩大陕北根据地，迎接党中央和红军主力北上，推动革命的发展，都有着重要的意义。

我们到达陕北根据地之前，敌人已对陕北根据地进行了两次"围剿"。蒋介石为实现其摧毁陕北革命根据地，使北上红军主力无立足之地，进而达到全歼红军的目的，于7月中旬就部署了对陕北革命根据地的第三次"围剿"。以张学良为西北"剿匪"副总司令（9月，蒋介石在西安成立西北"剿匪"总司令部，自任总司令），指挥东北军的于学忠第五十一军，董英斌第五十七军，王以哲第六十七军及何柱国骑兵军等 4 个军 11 个师，晋军孙楚部 5 个旅，以及陕北军阀高桂滋、高双成的第八十四师、第八十六师等部，采取"南进北堵、东西配合，逐步向北压缩"的战法，妄图将红军围歼于保安、安塞地区。

陕北根据地人民群众和红军，在刘志丹同志领导下，展开了反"围剿"斗争。刘志丹同志率领部队，先在东线打击敌人，接着又转移兵力打击北线敌人，在运动中寻找战机，避强打弱，各个击破敌人。红二十五军到达陕北，就在我们庆祝会师时，敌六十七军正由中部县（今黄陵县）向北进犯。其军部及刘翰东第一〇七师已进驻洛川，该师六一九团 1 个营前出至羊泉塬。何立中第一一〇师、周福成第一二九师（欠六八五团）也沿洛（川）延（安）公路推进至延安。以六八五团驻甘泉，控制南北交通。而敌五十一军、五十七军尚在甘肃兰州、庆阳；孙楚部也未入陕。面对这种形势，军团领导进行了认真研究，认为南线六十七军正孤军冒进，只要先消灭其 1 至 2 个师，整个战局就会发生重大变化。六十七军在延安有 2 个师，如果我军先派一支部队围攻甘泉，切断敌南北交通线，延安之敌断了补给，必然回援，我军可设伏歼灭之。这样，一个"围城打援"的作战计划即制订出来。副军团长刘志丹，被称为陕北的"活地图"。他根据这一作战方案，提出在劳山设伏的想法。我和刘志丹同志初次见面时，是在会师大会上，那时他给我的印象是一名精明强干的年轻指挥员。对他善于指挥、联系群众、团结同志的事迹听到不少。这次研究作战计划，使我对他的印象更加深刻。他盘腿坐在土炕上，认真听着同志们的发言，冷静地思考问题，经过深思熟虑，提出了在劳山设伏的建议。劳山是延安至甘泉的必经之地，群山耸立，树林茂密，地势险要，十分利于部队隐蔽。徐海东同志当即同意刘志丹同志的意见，决定红十五军团第一仗指向劳山。

9月下旬，部队经过三天急行军，进至甘泉附近之王家坪一带集结。徐海东、刘志丹带团以上干部到劳山设伏现场看了地形，确定布下一个"口袋阵"。9月28日，我八十一师二四三团包围甘泉，翌日拂晓，伏击部队进入阵地。部队耐心地埋伏了三天。10月1日，敌人从延安出动了。第一一〇师在师长何立中率领下，沿公路向甘泉增援。下午2点，敌先头部队进至甘泉以北的白土坡时，我八十一师二四一团突然开火，堵住敌前进道路。与此同时，位于阳台（劳山北3公里）的我七十八师骑兵团，适时出击，断敌退路。敌首尾受挫，遂自动向中心靠拢。埋伏在公路两侧山地的七十五师和七十八师，同时向敌行军队形猛烈冲击，很快将敌分割在榆树沟口和小劳山，经5个多小时激战，敌第一一〇师六二八团、六二九团及师直属队被我全歼。敌师长何立中负重伤后逃入甘泉，不久毙命。这次战斗，我军共毙伤敌师长何立中、师参谋长范驭洲、团长杨德新以下数百人，俘敌团长裴焕彩以下2000余人，缴获大量武器弹药。

敌遭我沉重打击后，则采取步步为营的堡垒政策，对我根据地实行严密封锁，企图缩小我根据地，最后消灭我军。10 月 20 日，东北军第一〇七师六一九团和六二〇团 1 个营，进驻到榆林桥。为粉碎敌人的堡垒推进政策，我军决定乘敌构筑工事未成、立足未稳之际，集中兵力消灭该敌。遂仍以红八十一师二四三团围攻甘泉，主力自王家坪一带向道佐铺开进，逼近榆林桥。10 月 25 日拂晓，我七十五师、七十八师同时由东、西两面，向榆林桥守敌发起攻击。敌凭借房屋和窑洞顽抗，我军与敌展开逐窑逐屋的争夺，战至下午，将敌全歼。这次战斗，俘敌团长高福元以下 2000 余人。高福元被俘后，经过我党工作，使其在促成红军和东北军合作抗战中起了一定的作用。

　　劳山、榆林桥战役，打击了敌人的嚣张气焰，使北到延安，南至鄜县、洛川之敌六十七军首尾不能相顾，处于瘫痪状态。敌人对陕北根据地的第三次"围剿"严重受挫。

迎来了党中央和中央红军[*]

郭述申

  1935 年 10 月 19 日，党中央和中央红军经过二万五千里长征，胜利到达陕北吴起镇。10 月底，中央派人送来《陕甘支队告红二十五、二十六军全体指战员书》，带来了党中央的热情慰问和鼓励，表达了对胜利会师的祝贺。告指战员书指出："我们久已听到了二十六军同志们在陕甘边长期斗争的历史，二十五军同志们在鄂豫皖英勇斗争和在河南……陕西、甘肃的远征，听到群众对你们优良纪律和英勇斗争的称赞。最近，更听到你们……会合的消息……这些使我们非常喜欢。……我们的会合是中国苏维埃运动的一个伟大胜利，是西北革命运动大开展的导炮！"全军团指战员，无不欢欣鼓舞，群情振奋。徐海东同志高兴地说："毛主席快到了，再打上一仗，作为见面礼！"

---

  * 本文节选自《组建红十五军团，迎接党中央和中央红军》，收录时做了适当修改。

当时，鄜县西南的张村驿、羊泉塬、东村、套通（今北道德）等几个民团据点，虽然兵力不多，但都是当地土顽。他们储藏了大量粮食和物资，凭借深沟壁垒，不时出动骚扰，并经常给敌军通风报信，对我军行动妨碍极大。我军决定拿下这几个据点，肃清匪顽，解决部队物资供应问题。

11 月初，徐海东同志带红七十八师包围了张村驿、羊泉塬、东村、套通等据点。就在这时，我们接到通知，说毛主席和中央领导同志，要来道佐铺看望我们。我和子华接到通知，一面着手准备，一面派人去告诉徐海东。徐海东同志骑马赶回驻地时，毛泽东主席、周恩来副主席、彭德怀司令员和贾拓夫同志就来到了军团部。见到了我们天天盼、夜夜想的中央领导同志，大家的心情十分激动。毛主席、周副主席、彭司令员和我们一一握手，并给我们以亲切的问候和鼓励。

徐海东、程子华同志向毛主席汇报了陕北根据地第三次反"围剿"斗争和红二十五军长征到达陕北与红二十六军、红二十七军合编为红十五军团，以及取得劳山、榆林桥战役胜利的情况。毛主席还问到下一步怎么打法，徐海东同志做了汇报。毛主席说，为了粉碎敌人对陕甘的第三次"围剿"，先要消灭直罗镇方面的敌人。在直罗镇战役前，必须先打下张村驿。打下张村驿，使苏区连成一片，打开我军向西出击的道路。毛主席让徐海东同志指挥拿下张村驿。

毛主席和中央领导同志到来的消息，很快在部队中传开了，指战员的情绪特别高涨。大家高呼着"打个大胜仗，迎接党中央"、"打下张村驿，迎接毛主席"的口号，向敌人发起了攻击。徐海东同志命令二三二团团长韩先楚和政委黄罗斌，指挥部队一举攻下张村驿等据点，歼民团数百人，缴获了大批粮食和物资。这一仗，打掉了敌人在黄陵、洛川、鄜县、甘泉以西地区的耳目，为直罗镇战役做了战场准备。

张村驿战斗后，我们就和中央红军会师了。在鄜县以北地区，召开了欢迎中央红军到达陕北和庆祝红一军团与红十五军团胜利会师的大会。会上，萧华同志和我分别代表两个军团的指战员讲了话。会后，红十五军团编入红一方面军。方面军司令员彭德怀，政治委员毛泽东（兼），政治部主任王稼祥（后为杨尚昆）。

两军合编以后，有一次，毛主席找徐海东同志和我谈话，他说："落霞与孤鹜齐飞，秋水共长天一色。"我们军队打到哪里，根据地就发展到哪里。现在到了陕北，根据地就建立在陕北。我们听了都深受教育。徐海东同志多次表示说：现在情况不同了，有党中央直接领导，今后一切大政方针由中央掌管，我们就照中央指示办，要执行好、贯彻好。他教育部队，要尊重和服从中央的领导，要求全体干部、党员要保持自觉的党性和高度的组织纪律性，过去我们受过王明路线的影响，现在要团结战斗。他强调要向老大哥部队学习，互助友爱，亲如兄弟，这样才能巩固和提高我军的战斗力，夺取新的胜利。

为加强红十五军团的各级领导，徐海东和程子华商量，主动要求中央派各级干部到红十五军团工作。中革军委先后派来周士第、王首道、陈奇涵、冯文彬、张纯清、宋时轮、黄镇、唐天际、杨奇清、周碧泉、毕士悌、伍修权等一批军政干部。他们的到来，加强了红十五军团的建设。徐海东和程子华同志对调来的这些干部，除中央任命的外，都把他们安排到重要的工作岗位，一视同仁，热情相待。

中央红军刚到陕北时，经费比较困难。有一次，毛主席派人来向红十五军团借 2500 元钱，徐海东同志立即找供给部部长查国桢和财务科科长傅家选商量此事，当他听说还有 7000 元的"家底"时，便当着这两位同志说："中央红军刚到，困难比我们多。我们要勒紧裤带，多为中央红军解决困难。"遂决定留下 2000 元，拿出 5000 元送给中央。与此同时，我们还召开了干部大会，动员一切力量，帮助中央红军解决困难。经过会议充分讨论，决定抽出部分武器、弹药、衣物、布匹、药品等送给红一军团。这一切，都充分反映出徐海东同志对党中央、毛主席十分尊重，反映出他有很强的全局观念，不搞本位主义。他的这种高尚品德，受到了中央领导同志的称赞，得到了指战员的拥护。当时，中央红军专门派人来表示感谢，中央供给部部长叶季壮高兴地说："这真是雪中送炭啊！"

这里，特别值得一提的是，《三大纪律八项注意》这首为我国广大军民所熟悉的红军歌曲，就是在这个特定的历史条件下产生的。这首歌的歌词是程坦同志编写的。程坦在红二十五军政治部任秘书长时，就曾了解到一些有关"三大纪律八项注意"的内容，到达陕北后，中央红军先遣队带来了《中国工农红军三大纪律八项注意布告》，他为了用革命军队纪律教育广大指战员，特别是教育刚补入部队的一批解放士兵，便依照布告的内容，逐条编写成歌词。在军团政治部宣传科科长刘华清的协助下，把歌词填入原来在鄂豫皖苏区流行的《土地革命歌》的曲调中，他们送给我看时，我让他们在军团政治部编印的《红旗报》上予以刊登。最初的歌名叫《红军三大纪律八项注意歌》。由于这首歌曲内容重要，曲调又是广大指战员所熟悉的，所以很快就在各部队中传唱开来。这首红军歌曲，不仅鼓舞着红军指战员团结战斗，而且在以后的各个革命历史时期，始终激励着我军从胜利走向胜利。

劳山伏击战

贺晋年　李赤然　刘明山

1935 年夏，敌人对陕北和陕甘边革命根据地的第二次"围剿"被粉碎后，接着就开始部署第三次"围剿"。蒋介石为了剿灭这块革命根据地，于八九月间，将东北军一〇五师刘多荃部、六十七军王以哲部、五十一军于学忠部、骑兵军何柱国部、五十七军董英斌部，先后自鄂豫皖、河北等地调往陕西和陕甘边；国民党中央军二十五师关麟征部、第十师谭自新部和宁夏马鸿逵部、山西孙楚部、李生达部以及甘肃朱绍良部，也纷纷调入陕西，总共十余万人，分五路对陕甘革命根据地进行第三次"围剿"。

敌人的这次"围剿"是以东北军为主力，以陕北苏区为重点，以南线为主攻方向实施的。采取南进北堵，东西配合的打法。具体部署是，在苏区东面是敌晋军孙楚部 3 个旅及七十一师二〇六旅、七十二师二〇八旅；北面是高桂滋八十四师及高双成八十六师；西南面是敌三十五师一〇五旅冶

135

成章部和东北军五十七军董英斌部一〇六师、一〇八师、一〇九师、一一七师及骑兵第二军何柱国的骑三师、骑六师和骑十团；西北面是十五路军马鸿逵部的 3 个骑兵团；南面是东北军六十七军王以哲部的一〇七师、一一〇师和一二九师。

当时，西北红军在取得第二次反"围剿"胜利后有了很大的发展，陕北和陕甘边两块根据地已连成一片。在北起长城，南至淳耀，西接环江，东临黄河的 20 多个县的广大地区，建立了工农民主政权；游击区域也扩大到陕北、陇东一带的 30 余县。我军为粉碎敌人的"围剿"，决定集中陕北红军主力，利用敌人矛盾，避强打弱，各个击破敌人；并决定先打东线、北线的晋军和敌八十六师。

第三次反"围剿"的战幕揭开了。陕北红二十六军、红二十七军主力在刘志丹同志率领下出师吴堡，8 月 10 日，首战慕家塬，消灭晋军 4 个连；8 月 21 日，又在定仙墕、井不烂沟战斗中，以围点打援的战法，歼灭晋军 1 个团。从此，晋军已大部退守黄河以东。而对根据地威胁最大的，则是南线东北军王以哲部。

9 月中旬，南线之敌六十七军在王以哲率领下，其一一〇师、一二九师（欠 1 个团）沿洛川至甘泉的公路北上，抢占了延安这个战略要点，并留一二九师六八五团 1 个营驻守甘泉，负责保护南北的交通线。一〇七师、一一七师留驻洛川、鄜县一带，抢修公路。

从西安附近之沣峪口出发西征北上的红二十五军，经 2 个月的奋战，沿陕甘边界到达陕北保安县（今志丹县）之豹子川，进入陕北根据地。9 月 15 日，红二十五军到达延川永坪镇；16 日，与西北红二十六军、红二十七军会师，17 日，合编为红十五军团。为了粉碎敌人的进攻，红十五军团乘敌军尚未全部展开，南线敌六十七军冒进孤立之际，决心挥师南下，首先给该敌以有力的打击。

当时，延安有敌东北军 2 个主力师——六十七军一一○师、一二九师及军直特务营，外加地方武装，实力比较强。根据我军兵力和武器装备，若强攻延安显然是不行的。于是我军决定把敌人调出来打。军团首长分析，延安这么多敌人，不能没有补给；如果用一支部队围攻甘泉守敌，切断敌人的南北交通线，必然能引蛇出洞，诱敌前来增援甘泉。就这样，一个调虎离山，围城打援的决心定下来了。

在什么地方围歼敌人呢？陕北的"活地图"刘志丹副军团长提出了一个十分理想的设伏区——劳山。劳山镇北距延安 30 公里，南距甘泉约 15 公里，是延安至甘泉的必经之地。这里群山耸立，树林茂密，地势险要，绵延近 15 公里，十分有利于部队隐蔽。从延安向南直通甘泉的公路，在一条狭窄的川道里。两旁山峦相距约 200 多米。东山高，山上遍布茂密的林木，荆棘丛生，无路可走，人畜都难以通过；但靠近公路有些高地，林木比较稀疏。西山较低，山上有庄稼地，地里谷子已经收割，山坡上光秃秃的，但有小山沟可以隐蔽。公路旁还有一条由北向南流入洛河的小溪，宽、深各1米。所以，军团首长决定在大劳山至白土坡摆下一个"口袋阵"。"袋口"设在劳山以北的九沿山，此山最高点为1325高地，距延安约20公里；九沿山以南便进入劳山山区。劳山最高点没有超过九沿山的。为了将敌人全部歼灭在大、小劳山之间，不使其接近甘泉城，将"袋底"设在甘泉城北5公里处之白土坡。"口袋"全长约12公里，也就是整个劳山地区。

具体部署：七十五师埋伏在劳山北段之东、西山，负责扎"袋口"，堵截敌人逃回延安的退路和阻击后援之敌。军团命令，只有等敌人全部通过九沿山，进入我伏击区后，才能开始行动。除向北派出警戒部队外，迂回部队在敌后跟进，以"袋底"打响为号，前堵后截，左右夹击，把敌人全歼在"口袋"里。七十八师各步兵团在大劳山南段西山一带隐蔽设伏，打响后全力以赴把敌人压回大小劳山村沟道内；骑兵团在劳山地区中段东侧之土黄沟、芦家村一带隐蔽，打响后乘马出击。

军团首长将佯攻甘泉城，并在"袋底"前一线阻击延安来援之敌，不准其接近甘泉城的主要任务交给了八十一师。9月28日，八十一师二四一团、二四三团控制了甘泉城外各制高点。二四三团占领城周围的太皇庙、太平梁、墩儿山，开始包围甘泉城。师部和二四一团驻甘泉城西北之关家沟，距甘泉城约3公里。29日，二四一团主力按预定部署进驻洛河川、关家沟一带集结待命。

28 日佯攻甘泉开始后，军团首长分析，三天内延安敌军就会派出援兵。这期间，军团各部队进行了战斗准备，之后向伏击地域开进、集结，并适时展开。为了不让敌人发觉，严格战场纪律，立即封锁消息，不准随意走动，保持高度静肃；没有命令，绝对不许开枪。战斗开始前，徐海东、刘志丹的指挥位置在白土坡西侧的一个高地上。

第三天，即 1935 年 10 月 1 日，敌一一〇师在师长何立中的率领下，从延安出发，沿公路南下增援甘泉。途中，何立中把六三〇团留在四十里铺作为接应。因为何立中知道红军善于打伏击，前面九沿山山高路隘，连绵 4 公里有余；公路两边山岩陡峭，林木茂密，是个设伏的好地方。所以，何立中率领部队通过九沿山时十分谨慎。他先派六二八团裴焕彩部从公路两侧爬山越岭，仔细搜索；确知九沿山无红军埋伏后，才命令全军通过。

何立中以为红军只能在九沿山设伏，既然如此险要之地没有红军的影子，前面没有比这再高的山，那就别无顾忌了。因而他轻松地对自己的参谋长范驭州说："龙潭虎穴已过，不会再钻进共军的口袋里去了。"看看时间，刚过午后。何立中原定在这里宿营，次日再进甘泉；他看时间尚早，距甘泉剩下不过 20 公里，便改变计划，继续向甘泉前进。何立中急于解甘泉之危，竟下令把原来的一路纵队改为四路纵队，缩短队形，加快速度。公路两旁，也不再派兵搜索了。

这时，敌人的行军序列是：六二八团为前卫团，中间是何立中和师直属队，后卫是六二九团。

10月1日早饭后，上级通知，延安的敌人出动了，正向甘泉前进。军团首长命令我八十一师留下一团继续包围甘泉，另一个主力团从正面打击来援之敌；并特别强调，要不惜一切代价，在白土坡一带把敌人堵住，否则，延安援敌与甘泉敌人会合，我们就失去了战机。根据军团首长指示，二四一团把包围甘泉的阵地交给二四三团，并于战斗打响前约1个小时，立即从关家沟出发，沿一条山间小路向甘泉城北5公里处之白土坡的庄子沟内隐蔽集结。

白土坡在西山之侧，距关家沟约3公里，临战前准备完毕之后，徐海东军团长和师首长亲临二四一团阵地，又对团指挥员当面做了指示，要求不论碰到什么情况，打响后，立即从庄子沟出击，严密封锁川道，决不能让敌人突破我们的防线；并向敌人不断实施反冲击，把敌人前卫部队压回到小劳山以北。只要坚持一两个小时，其他埋伏的兄弟部队便能对敌人形成夹击。如果让援敌与甘泉守敌会合，我们这次伏击战的整个部署便失去意义。徐海东军团长再三强调，二四一团的任务完成得如何，是关系到能不能打赢这一仗的关键。最后，他严肃地问我们："你们能不能完成这个艰巨光荣的任务？"我们毫不犹豫地回答："坚决完成！"

下午2点，敌人进入二四一团阻击地段。我们在山上观察着敌人的一举一动，分析着敌人的行军队形和速度。敌人的纵队虽然拉得很长，但队形比较密集。他们从早上出发，已经走了30多公里，并且顺利通过九沿山至大劳山（劳山镇）地段，因此骄气十足，有些得意忘形，这是打响的最好时机。

为了保证堵住敌人，二四一团一、二、三营都部署在白土坡西面的团指挥所西侧。放过敌人的尖兵后，一个骑马的军官带领着前卫营在尖兵后跟进。根据上级的指示，二四一团以鸣枪为号，突然开火，顿时，枪声、冲锋号声以及指战员的喊杀声，震撼山谷、河川。二四一团闪电般冲出庄子沟，敌群像捅乱了的马蜂窝，互相挤压、碰撞；其前卫营一小部，冲过公路上的小桥，逃向甘泉。余敌被我压进川道里，堵住了敌前进道路。此时，我七十八师骑兵团也由劳山北之阳台迅速出击，协同七十五师断敌退路，迫使敌人的后续部队被压缩在小劳山附近。至此，敌完全陷入我包围之中。

当敌人清醒过来时，立即将后续部队展开，抢占公路两旁东西山头，居高临下用猛烈火力压制我冲上公路的战士，企图用多于我数倍的兵力、火力杀开一条血路，借以逃生。敌人首先进行疯狂的反扑，集中力量攻击我阻击部队，子弹、炮弹像暴风骤雨倾到二四一团的战斗集团中；同时组织兵力反复与我争夺公路两旁的高地。师指挥员观察到敌人一部正在抢占小劳山对面的几个山头，便直接命令二四一团二营夺回来。战斗打响后，军团政治部的两位负责同志跟随着二营，有力地促成了这一战斗行动。奔向东山的二营，机动地绕过了几条山沟，首先与敌争夺1212高地，把敌人压下去，堵到小劳山村东山，敌多次反攻，想打开通路未成。之后，二营又越过一条山沟，将敌堵在小劳山正对面的东山一个山头上；我军多次组织进攻，均遭到敌人顽抗。

川道里敌我形成对峙。由于东、西山尚未完全被我军控制，因此对我军正面堵击的部队形成了一定的压力。庄稼地里的小麻杆叶子都打光了，只剩下一些光杆。但是，英雄的红军指战员用自己的血肉之躯，筑成了一道敌人无法逾越的钢铁屏障，让敌人的血染红公路旁的溪水，让敌人的尸体在公路上堆成一座座小山！

时间一秒一秒地过去，情况越来越严重了。敌人从占据的几个山头上发射的猛烈火力，打得川道里的红军阻击部队抬不起头来，伤亡很大。薛翰臣、杨宇清、栾新春、谢四娃等七八个营、连干部负伤或牺牲。自二四一团成立以来，一次战斗中伤亡这么多干部还是第一次。二连连长栾新春肠子都打出来了，他忍着剧痛，继续指挥战斗。战斗结束后，二连只剩下一名班长和十几名战士。栾新春被打扫战场的同志找到，送到医院后牺牲了，年仅18岁。

这时，东、西山的争夺都十分激烈。在这严峻的时刻，红八十一师师长贺晋年把师部人员和传令队组织起来直奔西山。因为这边山头敌人的火力最强，对我军威胁最大。不一会儿，刘志丹副军团长也到这里来了。他们两人的警卫员张有才、阎应娃都在这里牺牲了。

东山那边，二营正同敌人鏖战。川道里，二四一团政委继续指挥一营和三营部分连队进行阻击。团长亲自率领三营的1个连另1个排上了东山的1212高地。敌我之间展开了拼死的搏斗。经过反复争夺，二营营长重新组织火力，亲自带队攻击，终于攻上了山嘴，把敌人压到小劳山村。时近傍晚，西山那边传来阵阵手榴弹的爆炸声和闪闪的火光。红八十一师师长贺晋年与七十八师师长杨森取得联系，从西侧也把敌人压到村里来。二四一团团长率领三营一部，经过3次进攻，终于拿下1212高地，从东山把敌人压了下来。

战斗的最后阶段，七十五师由敌人背后积极向小劳山攻击前进；七十八师由西山向下打；八十一师二四一团二营和三营一部从东山上打下来，另一部从西山阵地侧面攻击，川道里我军正面堵击部队向前推进。在我军的猛烈攻击下，敌人全部被压缩在小劳山西南的一条山沟和小劳山村，天黑前，被我军全部歼灭。

敌一一〇师师长何立中，当他的部队在劳山地区中我军埋伏之后，曾电令留驻四十里铺的六三〇团，疾驰劳山援救。但敌六三〇团团长李东坡害怕"有去无回"，所以按兵未动。何立中再电催促时，李东坡只把部队向前移动了一下，又缩回四十里铺去了。

劳山伏击战，从10月1日下午2点打响到晚上8点左右结束，经5个多小时激战，歼敌一一〇师师直属队全部和六二八团、六二九团全部。毙、伤、俘敌 3700 多人。敌师长何立中负重伤抬到甘泉不久就死了。敌师参谋长范驭洲被当场击毙，敌六二八团团长裴焕彩被生擒，六二九团团长杨德新（给张学良当过副官）自杀而死。缴获战马 300 余匹，七五山炮 4 门，八二迫击炮 8 门，重机枪 24 挺，轻机枪 162 挺，长短枪 3000 余支，无线电台 1 部，以及其他各种军用物资不计其数。

劳山战斗，是十五军团成立后打的第一个大胜仗，也是西北根据地首次在一次战斗中消灭敌人近一个整师，从而狠狠地打击了敌人嚣张气焰。随后，我十五军团乘胜南下，于 10 月 25 日又全歼榆林桥守敌一〇七师 4 个营。就这样，南线敌六十七军所发起的战役攻势，基本上被粉碎了。

劳山、榆林桥战斗是迎接我中央红军北上的重大作战行动，是红十五军团献给党中央、毛主席的见面礼。它是粉碎国民党反动派对陕北革命根据地第三次"围剿"进行的重要战斗之一，不仅巩固了陕甘苏区，进一步扩大了根据地，而且为中央红军顺利到达陕北，为下一步直罗镇战役的胜利，打下了坚实的基础，为党中央把全国革命大本营放在陕北创造了条件。中国革命又有了立足点和出发点。

攻打榆林桥[*]

刘　震　张达志　贺晋年

1935 年 10 月 19 日，中共中央和中央军委率领中国工农红军陕甘支队胜利到达陕北吴起镇（今吴起县）。此时，红十五军团正在休整，消息传来，广大指战员群情振奋，都决心寻机再给敌人一个打击，用战斗的胜利迎接党中央和毛主席。

这时军团领导考虑到：敌第六十七军大量部队还在延安，需要补给，其南北交通线定要打通，势必继续增援甘泉。我军劳山伏击成功后，敌人从北面来的可能性小了，将会从南面来增援。但南面的群众和地形条件不利于我军设伏，因此军团领导决定继续围困甘泉，待南面敌人出援后，再在运动中打一个歼灭战。

果然不出所料，敌派高福源于 10 月 20 日率一〇七师第

---

　* 本文节选自《忆第三次反"围剿"中的劳山、榆林桥之战》，收录时做了适当修改。

六一九团并加强第六二一团一个营进驻榆林桥，企图再次解甘泉之围，打通至延安补给线。高福源这个团是张学良的嫡系部队，在军阀混战中曾屡立战功，是东北军的一张王牌。红十五军团领导得悉这一消息，决定迅速南下，乘敌设防工事尚未构成、立足未稳之际将其歼灭，再杀一下东北军的威风。遂仍以第八十一师二四三团继续围困甘泉，军团主力逼近榆林桥。军团指挥机关也由王家坪前移至道佐铺。

榆林桥是鄜县通往甘泉路上的一个镇子，位于甘泉以南，鄜县以北，洛河之东，镇内有 200 多户人家，东西有两座城门，镇北有座小石桥。此地地形易守难攻，东面紧靠东山，是敌人的制高点，山下有些窑洞，敌人在西城墙的火力完全可以控制从东山向下攻击的地段。靠西面的洛河，河水由北向南流去，河的西岸紧靠着一个陡峭的小山，不便于攀登。北面是从甘泉向南的公路，公路左侧是一个居高临下的破庙支撑点，敌人在这里配有轻、重火器。南面是通鄜县的公路，是不易接近的开阔地。

我军团的战斗部署是：第七十五师攻占东山，控制制高点后由东面向榆林桥攻击；第七十八师先抢占西山，而后向敌西城墙发起攻击；第八十一师从北面沿公路向南攻击，相机夺取破庙支撑点。

10 月 25 日拂晓，第七十五师与第七十八师乘雾分别由东西两面同时向榆林桥守敌发起攻击。第七十五师迅速突破敌人外围防御，控制了东山制高点，残敌向镇内溃退。此时，第七十八师在消灭屺子山之敌后，以火力封锁榆林桥，向榆林桥镇街正面进攻，由于敌人火力凶猛，部队前进困难。第八十一师也顺洛河左岸开阔川道向榆林桥西门及其两侧进攻，当他们看到第七十八师前进受阻，第八十一师师长贺晋年和二四一团政委李赤然便主动带部队从榆林桥北门攻击，一举突破敌阵地，占领了北门，歼敌1个连，打开了突破口。贺吉祥、贺大增带1个营随后跟进，镇内敌军一下乱了手脚。

我第七十五师和第七十八师乘机从东、西山一齐攻击，部队很快就攻进榆林桥镇，与敌展开了巷战。敌人凭借房屋和窑洞顽抗，我第七十五师的指战员与敌展开逐窑洞逐屋的争夺战。第二二五团在郎献民团长、刘震政委带领下，看到敌人躲在洞子里，把洞口已堵上，战士们就采取搭人梯的方法，爬上窑洞顶，以集束手榴弹从窑洞顶的烟囱投入，将敌炸死或赶出窑洞。第七十八师和八十一师的指战员，看到敌人把窑洞的门都给堵死，就用炸药包轰开，有的用喊话劝敌投降。经过逐洞逐屋逐街的攻击搜索，激战至下午，将敌全歼。

这次战斗，共毙伤敌300余人，俘敌团长高福源以下1800余人，缴获迫击炮8门、重机枪16挺、轻机枪108挺、长短枪1300余支。红军伤亡200余人，第二二五团团长郎献民壮烈牺牲，刘震政委负重伤。

生俘了高福源后，军团部根据军委的指示立即将其送往瓦窑堡。经党中央和中央军委领导同志做工作后，又让其回到东北军，做争取东北军抗日的工作。高福源拥护建立抗日民族统一战线，后来对西安事变起了积极作用。

劳山、榆林桥两战，共歼敌第六十七军1个师部、3个整团、1个整营。甘泉城内守敌亦陷入我第八十一师和地方武装的严密围困之中，使北到肤施县，南至鄜县、洛川之敌第六十七军余部处于首尾不能相顾的困境。至此，敌王以哲部发起的南线进攻战役宣告失败。

劳山、榆林桥之战，重创国民党军第六十七军，沉重打击了东北军的气焰，为彻底粉碎敌人对陕甘苏区的"围剿"打下了基础，巩固和扩大了陕甘苏区，为中共中央和中央红军长征到达陕北创造了有利条件，是我们红十五军团献给党中央和毛主席的见面礼。

11月初，中共中央率领红一方面军主力到达陕北，在甘泉附近地区同红十五军团会合，红十五军团编入红一方面军建制。11月20日至24日，红一军团与红十五军团团结一致，协同作战，取得了直罗镇战役的胜利。这一胜利，巩固了陕甘苏区，为党中央把全国革命大本营放在西北举行了奠基礼，同时也彻底打破了蒋介石对陕甘苏区的第三次"围剿"。

三战三捷粉碎第三次"围剿"*

刘华清

1935 年 9 月，红二十五军与陕北红军会师陕西永坪，成为第一支长征到达陕北的红军部队。之后，合编为红十五军团，军团长徐海东、政治委员程子华、副军团长兼参谋长刘志丹，辖七十五师（红二十五军改编）、七十八师（红二十六军改编）、八十一师（红二十七军改编），全军团共 7000余人。

敌人对陕北苏区的第二次"围剿"失败后，蒋介石为实现消灭我最后一块苏区和红军，使北上红军主力无立足之地，进而达到全歼红军的企图，调集 10 余万兵力，采用南进北堵、东西配合、逐步向北压缩的作战方针，于 1935 年 7月开始对陕甘苏区发动了第三次"围剿"。陕甘红军在以刘志丹为主席的西北军委领导下，采取集中主力、各个击破的

* 本文节选自中共陕西省委党史研究室编《西北革命根据地回忆录精编》（五），陕西人民出版社 2014 年版，收录时做了适当修改。

方针，先在东线的绥德、吴堡地区击溃晋绥军，接着又转移兵力打击北线敌人。

　　正在这时，红二十五军到达陕北，大大增强了陕北红军反"围剿"的力量。但东北军张学良对此做了错误的估计，他认为陕北红军是"土共"，没有什么战斗力，红二十五军刚到，也是疲惫之师，妄图以优势兵力迅速取胜，当即就由六十七军军长王以哲指挥3个师由中部（今黄陵）经洛川向北进攻，其一一〇师、一二九师进占了延安，一一〇师1个营留在甘泉，王以哲率军部和一〇七师驻守洛川、鄜县。与此同时，五十七军董英斌部，骑兵军何柱国指挥一〇六师、一〇九师、一二〇师3个步兵师和骑兵第一师、第二师，由陇东庆阳、合水一带向陕北进攻。

　　根据这种形势，军团领导对我军反"围剿"的出击方向做了研究。有的同志建议向北出击米脂、横山，歼灭井岳秀、高桂滋两师。徐海东同志认为，应南下打击张学良的东北军，如能歼灭其一两个师，就会很快打破敌人的"围剿"，整个陕北的战局就会发生重大变化。经过讨论，大家一致同意这个主张，并决定采用围点打援的战法派八十一师二四三团围攻甘泉之敌，调动延安敌人，中途进行伏击。

　　原红二十五军的指战员听说军团长决定打东北军，大家立即感到这个决定十分英明正确。我们同东北军在鄂豫皖苏区已较量过多次，歼灭了它成师、成团的部队，比较了解其特点，掌握它的一些规律，与其作战，比较有把握战胜它。徐海东同志在给一个部队动员讲话时很风趣地说："同志们，我们红二十五军的'老朋友'、老运输大队——东北军又来了，又给我们送枪送炮送弹药来了，大家欢迎不欢迎啊?"战士们以震撼山岳的声音响亮地回答："欢迎! 送来的东西照收无误。"

红十五军团主力，经过三天急行军，绕过延安，进到甘泉附近。在甘泉北15里的劳山附近，有一条通向延安的公路，公路两旁是连绵起伏的山岭，形成一条天然的"口袋"，山上林木茂密，对我军伏击敌人非常有利，徐海东和刘志丹同志带领团以上干部到现场看了地形，研究了具体的作战方案，对参加伏击的部队进行了严密的部署，并规定每人携带三天的干粮，进入伏击地区后，不准生火，不准走动，指挥枪不响，任何人不得开枪。接着，他们分头带领部队，进入了预定伏击地区：八十一师二四一团于劳山北8里的地区，担任断敌退路和阻击援敌的任务；七十五师埋伏在劳山以西，七十八师埋伏在劳山和甘泉之间。部队到达预定地区后，随即进行战斗准备工作。

10月1日，敌一一〇师由延安向鄜县增援，敌师长何立中狂妄骄横，错误地估计了红军。在到达劳山时，他得意地向参谋长说："共军诡计多端，我还当他们会打我一个埋伏呢，可是现在出了龙潭虎穴了。"正在这时，埋伏的红军从四面八方发起进攻，敌人顿时乱作一团。一股敌军企图夺占山头，很快被打了下去；有的企图向前突围，又被我手枪团堵住了去路；许多敌军纷纷缴械投降。经过6个多小时激战，全歼敌一一〇师2个团，击毙师长何立中，俘敌3700余人，缴获战马300多匹及大量武器弹药。

战后，以七十八师骑兵团1个连为基础，将手枪团配备战马，组建了军团部骑兵团。同志们说，我们徐军团长既掌握东北军的特点，又掌握我军的"脾气"、战斗能力，用兵如神，战之必胜。都说这一仗打得干脆利落，只用了6个小时。并说东北军够"朋友"，真是雪中送炭啊！咱们长征到达陕北，途中消耗了那么多枪炮弹药，这下全补充上了，还送来了过冬的棉衣、棉大衣，这个"朋友"还得好好交往下去。大家兴高采烈，胜利返回。

敌东北军在劳山遭我军沉重打击，采用构筑碉堡、步步为营的战术，对苏区实行严密封锁，企图逐步缩小我军根据地，最后围歼我军。为粉碎敌人的堡垒推进政策，军团决定乘胜发起进攻，首先拔除正在修筑碉堡的榆林桥据点。榆林桥镇，驻有敌第一〇七师1个主力团加1个营，镇南的洛河冬季可以徒涉，河的南岸是一排陡峭的小山，不便攀登；镇北背倚高原，高原上有新建碉堡，并驻有少数警戒部队。

10月24日晚，红十五军团在徐海东同志指挥下开始行动，以红七十五师由东向西担任主攻，并派一个营警戒由榆林桥通往洛川的公路，以红七十八师由西向东，先歼河西敌

1个营，再会攻榆林桥；以红八十一师由北向南进攻，对敌形成三面包围，并派出两支部队分别占领了洛河南面的小山和北面高原的碉堡。次日拂晓开始强袭，敌人被压缩到街内后，利用窑洞进行顽抗，我军伤亡较大，后来由于战士的发现和创造，从房上的烟筒向里投掷爆炸物，才迅速地歼灭了敌人。这次战斗，共歼敌4个营，俘敌团长高福源以下1800余人，在攻坚器材和经验缺乏的条件下，取得了对敌设防据点攻坚的胜利，对我军战斗力的提高具有重大意义。战后，我军以二二三团、二二五团之2个特务连和陕北一个新兵营及留队俘虏，重新组建了二二四团。

1935年10月19日，中央红军到达陕北吴起镇，胜利完成了二万五千里长征。蒋介石妄图乘中央红军立足未稳，红十五军团在劳山、榆林桥战斗后尚未休整并在围困甘泉之际，重新增调东北军5个师的兵力，分两路组织新的进攻。企图将红军限制在洛河以西、葫芦河以北地域，而后采取南北夹攻对我军进行"围剿"。这时，鄜县以南之张村驿、杨家园、东村等地的反动土匪亦乘机骚动。为迎击进犯之敌，肃清顽匪，解决部队的物资供应问题，徐海东同志亲自带领部队攻克了张村驿等据点。11月上旬在鄜县西北地区，中央红军与红十五军团会师后整编为中国工农红军第一方面军，辖第一军团和第十五军团，彭德怀同志任司令员，毛泽东同志兼任政治委员。

两军会合后，为粉碎东北军对我军的"围剿"，中央军委决定将敌放进直罗镇，乘敌立足未稳，集中我军主力，采取"四面包围，突然进攻"的战法，歼灭突入之敌，而后再歼其后续部队。

直罗镇是一个小盆地，三面环山，镇北有葫芦河，一条大道由西向东穿镇而过，镇东有座古老的小寨，是一个口袋形阵地。根据红一方面军指挥部的部署，红十五军团八十一师1个团继续围困甘泉，1个团在甘泉镇地区配合地方游击队钳制鄜县、中部之敌，防敌西援；派1个营清扫战场，拆毁镇东小寨寨墙，以防敌利用；以1个连进至西阎家村北山，担任警戒，节节抗击，诱敌深入。十五军团主力位于张村驿地区，一军团位于直罗镇东北地区。

11月20日下午，敌一〇九师进至直罗镇，红一军团由北向南，红十五军团由南向北，同时以急行军连夜赶到直罗镇，将敌紧紧包围。21日拂晓，我两路红军在红一方面军首长指挥下，分别从直罗镇南北两面高山，突然向敌发起猛攻，敌六二五团、六二六团被红一军团大部歼灭，其六二七团被红十五军团大部歼灭，敌师长牛元峰，率残部向北突围多次未成，退入镇东小寨负隅顽抗，于23日晚向西突围，被红十五军团全歼，牛元峰亦被击毙。增援直罗镇之敌一〇六师、一一一师在遭我阻击后亦被迫向太白镇撤退。我两军团分三路乘胜追击，又于张家湾至羊角台途中歼敌一〇六师1个团。

直罗镇战役，全歼敌1个师另1个团，是中央红军和红十五军团会师后取得的第一个重大胜利，这次胜利，彻底粉碎了敌人对陕甘苏区的第三次"围剿"，为党中央和红军在西北建立巩固的根据地，领导和推动全国抗战奠定了基础。

心意

傅家选

　　1935 年 9 月 16 日，红二十五军经过长征，到达陕西省延川县永坪镇，和陕北红军胜利会师，17 日，合编为红十五军团。为了巩固和扩大陕北革命根据地，迎接党中央、毛主席，干部战士在军团首长的率领下，积极投入了陕北革命根据地第三次反"围剿"的斗争。先后取得了劳山战役和榆林桥战斗的重大胜利，歼灭敌人 2 个团又 4 个营和一一〇师直属队全部，敌团长高福源也被我军生俘。两战两捷，极大地鼓舞了士气，打击了敌人的嚣张气焰。

　　劳山战役后，传说中央红军快进入陕北了，我们天天盼着。军团长徐海东同志焦急万分。他召集其他军团首长和有关部门的同志开会，专门研究和中央红军的联络问题。每天派手枪团的同志打听消息。侦察员们化装进城访问商人，搜集敌人报纸，我们从这些报纸中了解分析中央红军的动向。时间一天天过去了，仍然得不到中央红军的准确消息。我们供给部住的地方离手枪团不远，我们经常看见徐海东同志到手枪团询问了解情况。一次，军团长来到手枪团，看到由于侦察中央红军一无所获，有的同志情绪不高，他就给大家鼓劲说："由于敌人封锁，打听中央红军下落有一定困难，但我们应该看到，中央红军是毛主席亲自率领的部队，北上抗日，路线正确，群众拥护，影响大。蒋介石的报纸又常常刊登'剿共'报道，只要我们有信心，就不愁打听不到。"最后他还和手枪团的同志一起研究了如何扩大打听消息的范围问题。打那以后，手枪团侦察的范围从县城扩大到边界地区，从苏区扩大到国民党占领区。这样一来，果然有收获。一天傍晚，手枪团的同志背着一大捆报纸回来后，正在向军团长汇报。军团部的几个同志在翻阅着报纸。"好消息！"有个同志欣喜地叫起来。大家把目光都集中在这个同志身上。这位同志把手里拿的一张敌占区近两天的小报一抖说："毛主席、中央红军到达固原和西峰镇一带啦！"大家围拢一看，只见报纸在醒目位置上登着"毛匪窜到固原、西峰镇等地骚扰"的字样，这真是个大喜讯！徐海东两眼一亮，放射出喜悦的光芒。大家的全部注意力都集中在报纸上，所以也无心听取手枪团介绍寻找报纸和打听消息的经过。虽然这条新闻的词句几乎都能背下来，但报纸仍然在同志们手里传来传去。徐海东同志拿起这张报纸看了几遍，然后，转过身来告诉手枪团的同志："好好休息，明天再接受新任务。"

第二天，天刚蒙蒙亮，徐海东就起床了。一会儿，手枪团的同志便推门进来。军团长向他们交代了和中央红军联系的具体方法、注意事项后，他们便化装上路了。

黄昏时分，侦察员们才回来。他们顾不得休息，就朝军团部走去。个个像小孩子似的兴奋得跳起来，一进门就说："徐军团长、程政委，联络上啦！"徐海东和程子华同志非常高兴，忙问："怎么联络上的？"他们便详细地做了汇报：大约下午两三点钟，他们化装成当地回民，按照预定的路线，来到一个大塬上（塬的东面是苏区，塬的西面是白区，过了山就是西峰镇），沿着山间小道向白区走去，迎面碰上几个小贩模样的人，他们见来人形迹可疑，问道："你们是干什么的？"

"我们是做买卖的。"一个江西口音回答。

"你们是干什么的？"另一个福建口音反问道。

"我们是走亲戚的。"

手枪团的同志又问："共军到哪儿啦？"

"就在那边，离这里不远。"对方用手指指西面，又问手枪团："你们是从赤区来的？"

"嗯。"

手枪团的同志仔细打量着对方，个个面黄肌瘦，像吃了很多苦似的，但都很精神。从这些人的口音看，不像是敌人，因为敌人侦探都是本地人或东北人（东北军）。于是，手枪团的同志单刀直入："你们是从南方过来的？"

"是的。"

这时，对方也从手枪团同志来的方向上看出是陕北红军，便点破问道："你们是陕北红军？"

"你们是……?"

"我们是中央红军。"

一听说是中央红军，手枪团的同志一拥而上，紧紧握住他们的手说："可盼到你们啦！我们是奉军团首长的命令来和你们联络的。"双方互相询问了有关情况之后，便各自返回了，听完汇报，徐军团长、程政委和军团部的其他同志沉浸在无比兴奋之中。

不久，党中央派人送来《陕甘支队告红二十五、二十六军全体指战员书》。

我们供给部分散住在老乡家里。我当时任供给部财务科科长。一天下午，我正和其他同志在结账，忽然听见外面有人喊："老傅，查部长呢？"我一抬头，看见军团长来了，后面还跟着大个子警卫员。我忙站起身来，让人到另一个房子里去叫经济部长查国桢同志。军团长问："我们还有多少钱？"

"7000 左右。"

徐海东同志严肃而认真地说："毛主席派人向我们借点钱。中央红军刚到，他们一路上很辛苦，我们要多送些钱去。"这时，查部长进来了。徐军团长把刚才说的意思又重复了一遍。那时，红十五军团生活也很苦，每人每天只有几分钱的菜金。这些钱是长期积攒起来的家底，也是全军团各种费用的全部资金。军团长生怕我和查部长不同意，又解释道：我们来到陕北比中央红军早，人地熟悉，中央红军刚到，困难比我们多。我们要勒紧裤带，多为中央红军解决困难。

其实，这样做谁都没有意见。我们早就商量好了，等中央红军一到，就向军团首长建议，把钱送去。没想到军团长找上门来了。我们把情况一说，三个人都会心地笑了。徐军团长对我说，给中央红军写封信，并让我执笔。我找来了纸和笔，三人围在一张小木桌旁，边商量边写。我们三人的心情都非常兴奋、激动。我是第一次提起笔来给党中央、毛主席写信，是用一种工整的字体写的，这封信是写给彭德怀司令员和毛泽东政委的。信上表示坚决拥护毛主席的英明领导，坚决拥护党中央北上抗日的正确主张，同时汇报了红二十五军长征途中和到达陕北后的情况。信写好了，军团长说："让手枪团送去。"

一刻钟左右，手枪团团长傅春早同志来接受任务。我把钱和信，用一块蓝色的印花包袱皮包好，交给他，交代了几句，他就走了。

翌日下午，军团长派人叫我到他那儿去，我随着警卫员来到军团司令部。

徐海东拿起桌上的一封信，递给我，激动地说："老傅，毛主席回信啦，还表扬我们哩！""这封信是对我们的鼓励。没有专门收条，这就是收条，你要好好保存。"我怀着十分激动的心情，拿着信，回到了财务科。

不久，毛主席和彭司令员专门来到甘泉县道佐铺军团部接见了徐海东、程子华同志。这对干部战士是个极大的鼓舞。为了从人员上、物资上支援中央红军，军团首长决定开个干部大会，动员一切力量，为中央红军解决困难。

会场设在一个宽阔的场子上，布置很简单，没有主席台，中间放着一张桌子和几把凳子，桌子上放着几个缸子，供首长讲话喝水用。下午，半阴着天，我们这些连以上干部陆续来到会场席地而坐。徐军团长首先讲话，他说："同志们，中央红军来啦！中央红军、红二十五军和陕北红军的胜利会师，陕北的革命斗争将会出现一个崭新的局面。"这时，干部们交头接耳，个个脸上露出欣喜的神色。军团长的声音又响起来："中央红军是毛主席直接指挥的，军政素质好，战斗作风硬，他们一次又一次地打破了国民党反动派围追堵截的计划，粉碎了蒋介石'剿共'阴谋，是一支英勇善战、举世无双的部队。我们一定要向中央红军学习，搞好团结，不要闹宗派、搞山头。我们早就盼着中央红军来，现在中央红军已经来了，我们用什么作为见面礼，表表咱们红十五军团的心意？"

他停了一下，用目光扫了大家一眼，整个会场鸦雀无声。他把手一挥，提高了声音说："拿出实际行动来，尽最大努力，节衣缩食，从人员上、物资上支援中央红军！"他话音刚落，会场上响起了一阵热烈的掌声。

陕北的深秋，百花凋谢，寒气逼人。干部们虽然都穿着单衣，但听了军团长的动员，心里像燃起了一团火，总觉得热乎乎的。政治委员程子华也讲了话。而后，大家进行讨论。人们七嘴八舌地议论开了：

"我们都是工农子弟兵，红军如不互相支援还算什么红军？"

"哪怕我们自己再艰苦，也要想方设法为中央红军解决困难。"

"给中央红军送礼物，这是全军团指战员的心意，一定要把最好的送去。"

经过充分的酝酿讨论，在统一认识的基础上，徐海东宣布军团首长决定支援中央红军的人员和物品：（一）每个连队抽出机枪3挺、其他枪支若干支、弹药若干箱；（二）经济部、卫生部抽出部分衣物、医药用品；（三）在榆林桥和劳山战役中入伍的全部解放战士。为了保证质量，做到三个不送：不送缺损零件的枪支；不送变质药品；不送破脏衣服。这一命令一宣布，干部们长时间地热烈鼓掌。

动员大会结束后，大家就忙活开了：有的检查枪支弹药；有的整理药品；有的召开支委会，研究怎么执行军团首长的决定；有的针对少数同志的本位主义思想，及时找干部战士谈心，做好思想工作。军团部还专门成立了督促小组，一个单位一个单位地检查落实情况。每个连队都组织人员擦拭枪支、洗补衣服。有的枪支缺少零件，他们就从其他枪支上卸下补上，每支枪不但完好无损，而且都油光发亮，没有一点锈迹。许多同志还把自己的羊皮袄拿出来，没有加工过的，用土办法精心加工，弄得干干净净，准备送给中央红军。

那时，我还兼任供给部党支部书记，经常去军团部汇报准备工作。只见军团首长忙得不可开交。徐海东、程子华等同志分了工，分头去抓工作。这几天，徐海东同志不是听取督促小组同志的汇报，就是到部队了解情况，所有团以上单位几乎都跑遍了。检查时，他坚持高标准，严要求，发现问题及时纠正。每当看见给中央红军送的东西不合规定时，他总是严肃而又亲切地说："同志，给中央红军要送好的，马虎不得。"新兵训练团，是近来军团长经常去的一个单位。因为中央红军经过二万五千里长征，牺牲了很多人，剩下的这些同志，都是部队建设的骨干，很需要补充新兵。为了给中央红军送一批有一定军政素质的解放战士，徐军团长和新兵训练团的工作人员一起制订训练计划，提出具体意见，并亲自督促落实。大家见军团长这样重视新兵训练，积极性可高啦！清晨，一阵军号响过，新兵团就开始了一天的紧张生活，出操、听报告、助民劳动等，安排得井然有序。针对这些解放战士都是东北人的特点，教员们耐心地给他们上政治课，讲述抗日救国、收复失地、不当亡国奴的道理，帮助他们认清为谁当兵、为谁打仗。这些在国民党军队里受尽苦难的解放战士，深感人民军队的温暖，他们在这所新型的学校

163

里，学政治，学军事，政治热情很高。经过一段时间的训练，他们的军政素质有了明显的提高。

十多天过去了，各方面都准备妥了。中央红军分头来取，一堆堆重机枪、轻机枪、冲锋枪、步枪、子弹、手榴弹、棉袄、皮袄、药品摆在他们面前。他们看见油亮的枪支，满箱的子弹、手榴弹、药品，干净整洁的衣物和一个个精神抖擞的战士时，没有一个不说好的。中央红军还专门派供给部军需处处长赖勤同志来表示感谢，他称赞红十五军团没有本位主义，以大局为重，为中央红军解决了大问题。

在这一段时间内，红十五军团同志的生活条件比较艰苦。吃的是酸菜、山药蛋、小米稀粥。冬天到了，许多同志没有棉衣穿。军团首长一方面给大家讲述中央红军长征路上的艰苦岁月，另一方面要求大家发扬阶级友爱精神，克服困难。军团首长和同志们同甘共苦，在大灶上就餐，和大家吃的是一样的饭，还常把自己的大衣让给战士们穿。一件衣服，你让给我、我让给你，谁也不肯穿。干部战士互相关心，互相爱护，终于克服了困难。

1935 年 11 月，红十五军团编入红一方面军序列。从此，红十五军团便在党中央、毛主席直接领导下工作、战斗。

奠基礼

徐海东

    1935 年 11 月，陕北已经进入寒冬。红十五军团在"打胜仗迎接中央红军"的口号下，一鼓作气，攻下了张村驿，打开了东村，接着扫清了附近的两个小据点。战斗结束后，毛主席率中央红军来到了东村一带。从此，红十五军团与中央红军会师了。红十五军团的全体同志，都为这个光荣的会师欢欣鼓舞。大家日夜盼望着的中央红军，现在来到我们身边了。

    中央红军长征胜利到达陕北，宣告了帝国主义和蒋介石消灭红军计划的破产；预示着中国革命新高潮的到来。为把中国革命的大本营安放在大西北奠定基础，毛主席一到陕北，即首先拟订了一个大的歼灭战计划，这就是直罗镇战役。

    当时，陕北红军取得劳山、榆林桥战斗胜利后，敌人以 5 个师组织新的进攻，东边一个师沿洛川、鄜县大道北上；

西边四个师由甘肃的庆阳、合水沿葫芦河向陕北鄜县方面前进。为粉碎敌人的进攻，毛主席决定会合陕北的各路红军，在直罗镇一带，给敌人一个迎头痛击，并指示要我们到前边看看地形，再做具体的布置。

按照主席的指示，这一天中央红军和十五军团团以上干部，在张村驿以西会合后，前往直罗镇去看地形。从出发地到直罗镇，有 30 余里，不到一个小时，就赶到了。大家下马后，首先登上了直罗镇西南面的一座高山。直罗镇就在脚下，是个不过百户人家的小镇，三面环山，一条从西而来的大道，像一条白色的带子铺向镇子的中央，横穿而过。镇子东头，有座古老的小寨，里面的房屋虽然倒塌，石头砌的寨墙却大部完好；镇的北半面，是一条流速缓慢而平静的小河。我们几十架望远镜一字排开，从左到右，从东到西，细心地观察着道路、山头、村庄和河流，一个小山包，一棵小树，一条小沟，一座独立房屋，都是指挥员们观察研究的对象。大家都深深了解，在战前观察时疏忽一条小沟，漏掉一个山头，说不定在战斗中会增加想不到的困难。同志们一面观察，一面小声地交谈着："这一带的地形，对我们太有利了！""敌人进到直罗镇，就如同钻进了口袋。"

边走边观察，边观察边研究，从一个山头，转移到另一个山头，结论得出了：把敌人放进直罗镇，再消灭他。为了防止敌人利用镇东头的寨子做固守的据点，大家商讨后，决定把它预先拆掉。部署确定后，当天晚上，红十五军团派出

1个营，连夜去拆那个小寨子。这时战斗命令虽然还没有下达，但战士们凭着自己的经验会猜测到，将会在这里打仗。战士们深深懂得平时多流汗，战时少流血的道理，因此不分昼夜、不顾疲劳，一气把寨墙拆完。有些新解放来的战士，悄悄问老战士："敌人真的会来吗？"老战士回答说："会来的，这是毛主席算好了的。"

为了迎接这个大胜利，打好会师第一仗，红十五军团除留1个排在直罗镇警戒外，主力集结在张村驿一带，养精蓄锐，积极地投入了战前准备工作。各级干部层层深入，具体进行战斗组织。红十五军团提出口号："打胜仗庆祝会师！""以战斗的胜利欢迎毛主席！""在战斗中向中央红军学习！"

红军情绪高涨，以逸待劳。一切准备就绪后，第三天下午，敌一○九师师长牛元峰率部在6架飞机掩护下，果然来到了直罗镇。晚上，毛主席下达了命令。按照已经确定的部署，中央红军从北向南，红十五军团从南向北，以急行军在拂晓前包围了直罗镇。毛主席、周恩来副主席和彭德怀司令员亲临前线指挥，毛主席的指挥所设立在距直罗镇不远的一个山坡上。战斗打响之前，他就特别指示各部队负责同志，一定要打歼灭战。

天刚亮，两路红军像两只铁拳，从直罗镇南北高山上砸了下去。敌人虽有防备，却没想到我军会如此迅速，及至发觉被包围后，直罗镇两边的山岭已被我军占领。南面一响枪，敌人立刻向北撤，北边一响枪，他们又反过来向南扑。

一〇九师被夹击在两山之中一条川里，山谷中到处是枪声、喊杀声。一〇九师是东北军的部队，是红军的老"运输队"了，有不少的士兵和军官曾经做过红军的俘虏，有的还不止缴过一次枪，在这次猛攻之下，纷纷瓦解缴枪投降，一些拼命顽抗的丧命于刀枪之下。

战斗不到两个小时，红军两路会攻，占领了敌人的师部所在地直罗镇。最后牛元峰逃到镇东头的小寨里，指挥着一个多营负隅顽抗，死不投降。这个小寨虽被我军事先拆毁，但敌人昨天下午到达后又连夜改修，加上地形复杂，易守不易攻。我们派了一支小部队攻了一次，没能打上去。正组织第二次猛攻，通信员报告说："周副主席来了。"

这时太阳已升起老高了，我们向山上看去，只见周副主席同其他同志从山上走下来，他们都拿着望远镜，边走边向敌人固守的小寨子观察。等走到我们近前时，周副主席和干部们一一握手，详细地询问了第一次攻击的情况，最后周副主席指示：敌人已经成了瓮中之鳖，不好攻就暂且围着算了。寨子里既没粮，又没水，他们总是要逃跑的，争取在运动中消灭他们。

枪声渐渐地平息下来。两边的山坡上、镇子里，到处堆积着缴获的枪支弹药，到处聚集着俘虏兵。胜利的喜悦，洋溢在每个红军战士的心里。经过二万五千里长征的战士，在讲述着爬雪山过草地的故事。来自鄂豫皖根据地的战士和陕北的战士，都倾吐着渴望会见老大哥的心情，战地充满欢乐和友情。

敌第一〇九师师长牛元峰，蹲在寨子里，一个电报接一个电报，要求董英斌解围。他哪里知道，董英斌的援军一〇六师还没到直罗镇，就被红军击溃了，并且在黑水寺被红军歼灭了1个整团。

晚上，牛元峰待援无望，趁黑夜率领残部突围向西逃跑，我七十五师的战士，随即跟踪追击。战士们说："一定要把这头'牛'追回来。"一气追了25里，追到直罗镇西南一个山上，牛元峰和他率领的残部一个多营最后覆灭了，牛元峰也被击毙。

"击溃战，对于雄厚之敌不是决定胜负的东西。歼灭战，则对任何敌人都立即起了重大的影响。对于人，伤其十指不如断其一指；对于敌，击溃其10个师不如歼灭其1个师。"直罗镇战役，又一次证明了毛主席这一正确的军事思想。

敌第一〇九师全部和一〇六师的1个团覆灭，彻底打乱了敌人进攻陕北的部署，迫使敌一〇八师、一一一师不得不退回甘肃境内，东路侵入根据地的一一七师也退出了鄜县。陕北苏区出现了一个新的局面。

直罗镇战役胜利结束后，部队携带着战利品，押着俘虏，撤离了战场。晚上，当我们路过毛主席住的村庄时，只见主席的窑洞里还点着灯。这些天来，毛主席够辛苦了，天这么晚了，怎么还点着灯呢？

我怀着一种崇敬的心情，走到毛主席住的窑洞门口，问门口的警卫员："主席还没睡吗？"

"主席晚上睡得很晚。"警卫员说着把我引进门去。

毛主席披着件旧大衣，点着盏油灯，正精力专注地工作着，桌上放着那张三十万分之一的旧地图。可以看出，毛主席又在考虑新的行动，筹划新的战役了。

毛主席放下手里的铅笔，亲切地伸出大而有力的手，微笑着说："辛苦了！"

我说："天这么晚了，主席还没休息？"

毛主席说："这样习惯了。怎么样，部队都撤下来了？"

毛主席简要地讲了讲这次胜利的意义，当前的敌人动向，然后关切地询问着部队的伤亡情况和伤员的安置，最后嘱咐要好好地组织部队休息，让战士们都洗洗脚。毛主席对战士那种无微不至的关怀和具体细致的工作作风，给我留下了难忘的印象。我从毛主席住的窑洞走出来，夜已经很深了，跨上马走了老远，回头望去，毛主席窑洞里那盏灯还亮着。

部队移驻到羊泉塬一带，举行了祝捷大会。中央红军和十五军团都相互派了参观访问团，进行参观和访问。张云逸等同志带着一个剧团，到十五军团来慰问演出，十五军团也派了许多同志到中央红军学习和参观。

11 月 30 日，在东村举行了干部大会，毛主席在会上做了《直罗镇战役同目前的形势与任务》的报告。毛主席讲到直罗镇战役的意义说："这次胜利，最后地解决了第三次

"围剿"，敌人非重新调兵重新部署，不能向我们进攻了。"
"中央领导我们，要在西北建立广大的根据地——领导全国反日反蒋反一切卖国贼的革命战争的根据地，这次胜利算是举行了奠基礼。"毛主席讲到胜利的原因，指出："（一）两个军团的会合与团结（这是基本的）；（二）战略与战役枢纽的抓住（葫芦河与直罗镇）；（三）战斗准备得充足；（四）群众与我们一致。"我们说，还要补充一个最重要的原因，那就是毛主席正确的军事思想和主席的英明指挥。

毛主席在报告中还详细地分析了国际形势与国内局势。毛主席说："日本帝国主义正用炮火进攻华北，并吞全国，国民党正在南京开卖国大会。我们的胜利告诉他们，我们是不准许你这个日本帝国主义灭亡我们的华北和全国的，我们是不准许你这个万恶的国民党卖国到底的，卖国的国民党请滚开，全国人民的救星——红军与苏维埃要同人民携手，用我们的枪炮与热血打倒日本帝国主义……"

毛主席洪亮的声音，明确生动的言辞，句句印在每个红军干部心里。毛主席的声音，就是全国人民的呼声，它代表每个红军战士抗日救国的意愿。

聆听毛主席的报告[*]

刘 震

1935 年 10 月底，党中央派人给红十五军团送来告全体指战员书，指出：

"我们久已听到了二十六军同志们在陕甘边长期斗争的历史，二十五军同志们在鄂豫皖英勇斗争和在河南……陕西、甘肃的远征，听到群众对你们优良纪律和英勇战斗的称赞。最近，更听到你们……会合的消息，……消灭白军和地主武装的胜利，这些使我们非常喜欢。"

"我们的会合是中国苏维埃运动的一个伟大胜利，是西北革命运动大开展的导炮！"

我们听到了党中央的指示，大家受到极大的鼓励！

11 月初，红七十八师包围了张村驿、羊泉塬、东村、套通（今北道德）等民团据点。此时，毛主席、周副主席

　＊ 本文节选自《刘震回忆录》，解放军出版社 1990 年版，收录时做了适当修改。

来到道佐铺接见了军团领导，给予了亲切的勉励和重要的指示。这个消息一传达，指战员兴高采烈，高呼口号：

打个大胜仗，迎接党中央！

打开张村驿，迎接毛主席！

红七十八师二三二团一举攻克了张村驿等上述各据点，歼民团数百人，缴获了大批粮食。这一仗，打掉了敌人在黄陵、洛川、鄜县、甘泉以西地区的耳目，为直罗镇战役做了战场准备。

张村驿战斗后，红十五军团北返鄜县以北地区，与红军陕甘支队（即红一军团）合编为中国工农红军第一方面军，司令员彭德怀、政治委员毛泽东（兼）。从此，红十五军团在中央军委和红一方面军的直接领导和指挥下行动。

中央红军胜利到达陕北，同红十五军团会合，对敌人是一个很大的威胁。敌西北"剿总"重新调整了部署，以 5 个师的兵力，首先构成沿葫芦河的东西封锁线，并打通洛川、鄜县与延安之间的联系，构成沿洛河的南北封锁线；而后采取南进北堵、逐渐向北压缩的方针，企图围歼我军于洛河以西、葫芦河以北地区，摧毁我陕甘根据地。

根据这种情况，红一方面军决定集中兵力向南作战，首先在直罗镇一带歼灭由葫芦河东进之敌一两个师，而后视情况转移兵力，各个歼敌，以打破敌人的"围剿"，并向洛川、宜君、宜川、韩城以及关中、陇东一带扩展根据地。

西线之敌五十七军由庆阳、合水沿葫芦河东进，11 月 1

日占领太白镇后，即徘徊于太白、合水地区，构筑碉堡；东线之敌六十七军一一七师于 6 日进至鄜县后，也按兵不动。为迷惑调动敌人，我军加紧围攻甘泉。17 日，敌五十七军 3 个师迅速东进，以解甘泉之围。19 日，敌五十七军先头一〇九师进至黑水寺、安家川一带，军部及另 2 个师进至张家湾东西地区。20 日下午 4 点左右，敌一〇九师进至直罗镇。

我军抓住敌比较突出孤立的有利战机，于当晚将敌一〇九师包围，21 日拂晓，在方面军统一号令下，红一军团由北向南攻击，红十五军团由南向北攻击。战至下午 2 点歼敌大部，我军遂以少数兵力围困敌一〇九师残部和阻击由鄜县西撤之敌一一七师，主力向西速击由黑水寺向直罗镇增援之敌五十七军另 2 个师。该敌于 23 日下午沿葫芦河西撤，我军跟踪直追，在张家湾地区歼敌 1 个团，余敌退回太白镇。西援之敌一一七师也仓皇逃回鄜县，被围之敌一〇九师残部于当晚突围，24 日上午被我军全歼。至此，直罗镇战役胜利结束，共歼敌 1 个师又 1 个团，毙敌师长牛元峰。

11 月 30 日，我参加了红一方面军在东村召开的营以上干部大会，庆祝两个军团会师和直罗镇战役的胜利。会上，听了毛主席关于《直罗镇战役同目前的形势与任务》的重要报告。

毛主席在报告中指出胜利的原因和条件有以下四个：

（一）两个军团的会合与团结（这是基本的）；

（二）战略和战役枢纽的抓住（葫芦河与直罗镇）；

（三）战斗准备得充足；

（四）群众与我们一致。

他进一步说明，这四个条件决定了我们的胜利与敌人的失败。如果没有第一个条件，就不能取得这样伟大的胜利，不能使敌五十七军在其先头一〇九师被消灭后主力即溃退。我军又于追击中消灭敌一〇六师1个团，使敌一〇八师、一一一师不得不退到甘肃境内。东边侵入羊泉之敌一一七师，也不得不退回鄜县城。

如果没有第二个条件（即抓住葫芦河这个便于粉碎敌人两线封锁计划，便于我军尔后发展的战略枢纽；选择了直罗镇这个为敌军必争，而地形和群众条件有利于我军的良好战场）而让敌人占去了葫芦河与直罗镇，也就不能取得这次胜利。

如果没有第三个条件，则部队没有休息训练，士气与战斗力没有提到这样高；张村驿、东村等五六个民团土围子不消灭驱逐，便不能隐蔽主力与敌军战斗；没有地形观察与地形图测绘，便不能布置得这样适当，打得这样漂亮。

如果没有第四个条件，则隐蔽主力，搬运伤兵，供给粮食，都不能做得这样好。

毛主席要求我们，以后作战必须争取这四个条件，而且是缺一不可的。

（一）两个军团更加团结；

（二）抓住战略枢纽去部署战役，抓住战役枢纽去部署战斗；

（三）要争取在战前的军事训练与政治工作的充分
准备；

（四）努力做好地方工作，争取农民群众与我们的
一致。

他指出，这次胜利的影响是很大的，打破了蒋介石对陕
甘苏区的第三次"围剿"，巩固了陕甘苏区，为党中央把全
国革命大本营放在西北举行了奠基礼。

我虽在榆林桥战役中负伤没能参加直罗镇战役的战斗实
践，但听了毛主席对战役的这些分析和总结，也感到非常精
辟，使我在战略战役的认识上受到深刻的教育。

接着，毛主席从世界、中国及西北各个方面论述当前形
势后，提出了新的任务。他说：从现时起，用很大努力争取
与积蓄更为充足的力量，迎接敌人新的大举进攻，而彻底粉
碎之。开辟我们的苏区到晋陕甘绥宁五个省内去，……那
时，我们便可以争取更大的力量，给日本帝国主义进攻中国
（这是必然的而且是不远的）与进攻苏联，国民党各派军阀
进攻北方红军与进攻全国红军，以空前未有的大打击，争取
苏维埃在北方七八个省内，南方若干省内的伟大胜利，把抗
日战争掀起到最高的程度，这是我们的总任务。

关于方面军的具体任务，毛主席规定为五项：消灭敌
人、扩大红军、坚强红军、赤化地方与破坏敌军。坚强红
军，就是要切实训练自己，提高方面军的战斗力。一方面要

着重射击教育与战术教育，一方面要着重基本的政治教育与识字教育。他要求指挥员要做到能写能看，战斗员要做到认得三百字，要懂得许多革命问题的道理。教育首先是干部教育，只有提高了干部的军事政治程度，才能使战斗员的军事政治程度真正提高。提高老干部的程度，创造许多的新干部，这是红军在大的战争面前的迫切任务。

毛主席高瞻远瞩，指明了我党我军进到大西北以后的战略方针和根本任务。听了毛主席的报告，感到非常振奋。我坚信毛主席提出的任务一定能够得到实现。毛主席对指战员的学习要求，长期以来鞭策着我努力学习，并在工作中坚决贯彻执行。

打仗打毛线都是高手[*]

崔田民

  1936 年 5 月 18 日，由红一军团、红十五军团、红二十八军和八十一师组成西方野战军，彭德怀任司令员兼政治委员，开始西征。十五军团为右路军，于 5 月 19 日由贾家坪地区出发，经安塞西进。27 日，我七十八师首占新城堡（即靖边），28 日进占宁条梁；七十三师攻小河畔，七十五师攻安边，均未克。军团长徐海东、政委程子华率七十三师、七十五师继续向宁夏豫旺堡地区前进。彭司令员命令七十八师受野司直接指挥，前去围困安边县城。6 月 14 日，宋时轮、宋任穷率领红二十八军接替围困任务。

  我（当时任七十八师政委）和师长韩先楚率七十八师西进，归还十五军团建制。16 日进至定边县，侦知城内驻敌军一个营，即电报彭总及徐、程军团首长，请求袭击定边

---

 * 本文原标题为《忆红七十八师西征》，收录时做了适当修改。

县，同时进行地形侦察和攻城准备。当日黄昏，部队已进入阵地，待命攻城。就在此时，接到彭总复电指示："袭击定边，恐难奏效，依照原来计划前进。"韩师长和我商量，立即召集各团长、政委开会，传达彭总电令，经过讨论认为：现在我们部队已进入阵地，怎么办？一是遵照彭总电令，把部队撤出阵地，继续西进。二是把定边坚决攻下来，理由是：毛主席在西征的命令中，要一军团打曲子、环县，他们已经完成任务，要十五军团打宁条梁、安边、定边，我们把定边打下来也是完成任务；且城内只有敌军 1 个营，距四周敌军都比较远，我们 3 个团的兵力已进入阵地，完全可以攻下定边。经过讨论，大家一致主张打，只有师政治部特派员沈新发同志三次建议说："彭总的电报就是命令，应慎重考虑。"师长和我说："还是决心打，不要动摇。"

会议结束后，各团领导回到阵地，立即传达了师首长命令，动员各级干部和共产党员，决心打好西征第一仗，部队情绪异常高昂。就在这天晚上，我们发起攻击，经过一夜激战，第二天拂晓，主力部队攻入城内。韩师长及时进城指挥作战，迅速全歼敌新编第七师骑兵约 1 个营，只有县长及少数人逃往盐池县城。我在指挥所写电报向彭总及军团首长报告战况。彭总立即复电："你们机动灵活攻克定边，庆祝胜利，防务移交宋、宋（二十八军军长宋时轮，政委宋任穷），继续向盐池侦察前进。"

19 日，我和韩先楚同宋时轮率七十八师连以上干部及骑兵团一部提前出发，先到盐池观察地形，并做攻城准备。当晚，七十八师进到盐池城郊，乘夜发起攻城战斗，因部队疲劳，向导引错了路未能破城。20日，召集各级干部开会，研究打法，并对部队做了深入的动员。有的干部说："打下盐池，部队就有咸盐吃了！"傍晚，我和师长视察阵地时，看到干部战士磨刀的磨刀，擦枪的擦枪，恨不得马上投入战斗。晚上再次攻城，至第二天凌晨3点，部队一举攻克盐池，全歼马鸿逵部2个骑兵连、1个民团，俘敌官兵和盐池、定边两县县长以下1000余人，缴获战马200余匹，50瓦电台一部，还有大量的军用物资，受到总部及军团部的表扬。盐池解放后，不但巩固和扩大了苏区，沟通了前后方的交通联络，解决了红军的吃盐问题，而且使食盐成为陕甘宁苏区财政大宗收入的来源，为边区政府克服经济困难创造了有利条件。

7月间，七十八师进驻红城水一带监视韦州之敌，同时整训部队，发动群众，组织群众，武装群众，扩大红军。同时，动员部队每天吃两顿饭，节省粮食；人人捻毛线，打毛袜子，织毛手套，每个战士至少要打一双毛袜子或一双毛手套，作为慰问红二、四方面军的礼物。9月间，七十三师、七十五师、七十八师从黑城镇出发，经海原城进至靖边的打拉池地区。10月7日，七十三师在军团骑兵团的配合下攻占会宁城，歼敌2个连，控制了打拉池、会宁地区，保障了红二、四方面军北上道路的畅通。10月9日，红一方面军和红四方面军在会宁城胜利会师，22日，红二方面军在宁夏西吉县将台堡与红一方面军胜利会师。红军三大主力的胜利会师，宣告长征结束，粉碎了蒋介石妄图消灭红军的狂妄计划，揭开了中国革命历史上新的一页。

11月21日，我七十八师参加了红军主力会师后的第一仗——山城堡战斗，歼敌胡宗南主力七十八师第二三二旅全部和二三四旅的2个团，击毙敌师长丁德隆，给胡宗南以沉重的打击。山城堡战斗的胜利，对于巩固和扩大陕甘宁苏区具有极其重要的作用。

西征中，红七十八师在西方野战军彭德怀司令员的领导下，在红十五军团首长的直接指挥下，转战陕北之靖边、安边、定边，宁夏的盐池、韦州、红城水、豫旺、同心、海原，甘肃的打拉池、郭城驿、会宁、静宁广大地区。在频繁的战斗中，政治工作最突出的一点，就是加强部队抗日民族统一战线和民族政策教育，特别是进入宁夏地区后，强调尊重回族风俗习惯，不准进清真寺，不准进上房，不准进入沐浴室，不准吃猪肉，不准用回民锅灶、炊具做饭，严格执行三大纪律八项注意。由于红军纪律严明，秋毫无犯，所到之处很快取得了广大回族人民的拥护和支持。

保卫总部的战斗[*]

贺晋年

1935 年 12 月，党中央在瓦窑堡召开了中央政治局会议，之后不久，决定东征抗日。1936 年 2 月 15 日，我八十一师向黄河边进发，到达清涧袁家沟。

部队刚安顿下来，毛主席就派人喊我去他那里（当时我任红八十一师师长）。同去的有张明先（政委）、李寿轩（参谋长）、李宗贵（政治部主任）、覃应机（特派员）。毛主席是 2 月初带一部电台和少量警卫人员到达袁家沟的，这里离黄河很近，警卫人员把我们引到毛主席住的地方，这是一孔砖砌的窑洞，推门进去，只见炕上摆的、墙上挂的全是军用地图，炕边一张破旧的办公桌上除了一些书籍文件外，只有一支毛笔、一个墨盒。毛主席的铺盖也极为简单，只有两床薄薄的被子。毛主席身披一件蓝布棉大衣在炕上蹲着，

---

* 本文原标题为《红八十一师东征纪行》，收录时做了适当修改。

聚精会神地研究地图。听见我们进来的声音，他抬起头，微笑着说："啊！你们来啦，坐下来谈。"毛主席边说边下了炕，光着脚踩在一双旧棉鞋里。我们落座后，毛主席点燃一支烟，深深吸了一口，便问道："哪一位是贺师长啊？"和毛主席面对面地直接谈话，这还是第一次，我不免有些拘谨，听到毛主席发问，我立即站起来答道："报告主席，我就是。"毛主席连连摆手示意我坐下，操着那浓重的湖南口音缓缓地说："我晓得你这个人，在瓦窑堡还见到你好几封信呢！怎么，不想在军队里搞了是不是？"我真没想到，主席一下子便提到了写信的事。那还是中央到陕北后不久，我听说十五军团要将我调到七十五师任副师长，便有些想不通，认为自己一没有犯错误，二没有打败仗，当时年轻气盛，又加上错误路线搞"肃反"，弄得人人自危，心情不舒畅，便给陕甘晋省委写了几封信，反映了自己的一些想法，并要求离开军队，到地方去工作。后来才知道是陕甘晋省委副书记郭洪涛把这几封信都送给毛主席看了。

　　我刚要解释一下，毛主席话锋一转，说："不谈这个事了，东征你还是要去，仍在八十一师当你的师长。调出十五军团，归总部直接指挥。"接着，毛主席给我们讲起国内外的局势，东征是为了推动全国抗日高潮，调动敌人；同时可以扩大红军，筹粮筹款，扩大革命根据地。毛主席讲话深入浅出，生动形象，我们都听得入了迷。毛主席还详细地询问了八十一师的情况，并说了一些勉励的话。

从毛主席那里出来，我的心情久久不能平静。刚才听毛主席身边的警卫人员说，这些日子毛主席很忙，批阅文电，召开会议，起草命令，还找每个师的主要领导一一谈了话，经常工作到深夜，有时彻夜不眠。大战在即，有这么多的大事需要谋划，而他却把我这几封信挂在心上。毛主席亲自做思想工作，短短的几句话释去了我的重负，使我浑身充满了力量。

在渡河前的短暂时间里，部队一直进行紧张的战前准备工作。我带领团营的主要负责同志到黄河边进行了实地勘察，还看了几个渡口。黄河上游一般的渡口均属乱石河，或宽或狭，河岸曲折，岸陡流急，滚滚的河水夹杂着大量的泥沙喧啸着奔流而下，有一股不可阻挡的气势。对岸乱石丛中，阎锡山军队构筑的明碉暗堡隐约可见，各地堡间又以交通壕相连接。他们还将河边山崖地坝削成陡壁，关闭了渡口，并把船只拉到东岸停泊。

当时由周恩来同志全面负责东渡黄河的后勤准备工作，阎红彦和毛泽民抓具体工作的落实，他们组织起水手工会，日夜赶造船只和羊皮筏子，建立兵站筹集各种物资。东征后，毛主席对阎红彦组织造船给予了很高的评价。

渡河前，部队隐蔽集结在黄河西岸沟口附近，所有集结和开进地域都严密封锁了消息。部队行动一律在夜晚进行，对大的居民点，都是绕道通过。所以，这样大规模的军事调动，阎锡山竟一无所知，被我们打了个措手不及。

部队 2 月 20 日晚上 8 点开始渡河。毛主席决定，以聂荣臻同志的表为准。后来聂帅还风趣地说："想不到我的一只旧表竟成了东征的标准时间表了。"

我八十一师原定渡河点是老鸦关，后由于敌防御加固，奉毛主席指示，二四一团跟随总部在十五军团之后，从清涧河口强渡，师部率二四三团随一军团从绥德沟口强渡。

阎军虽然在黄河东岸据险修筑了工事，并抽调了主力 4 个旅另 1 个团负责河防，但毕竟点多线长，挡不住红军勇猛顽强的攻击，我军强渡成功。等到我踏上河东岸的土地时，天已大亮了。总部的一位参谋引我来到河边附近的一个小村子，在一间普通的民房里，我见到了毛主席、彭德怀司令员等人。

彭德怀同志那张严肃的脸上没有笑容，两眼布满了血丝，手指着地图简明扼要地向我交代了任务：沿突破口向两边撕开，肃清残敌，扩大战果，保障后续部队安全过河。

我接受任务后，站在一处制高点上，用望远镜仔细观察，只见近处的几个碉堡已是一堆残砖乱石，冒着烟雾，守敌的尸体东倒西歪，大概是在睡梦之中便成了刀下鬼，但远处的枪声仍很稠密。很明显，我军先头部队渡过黄河后，向敌纵深发展，无暇顾及扩大突破口。突破口两边的敌人在调整部署，组织反击，妄图恢复原守备态势，堵住口子，切断我军退路。我当机立断，即令二四一团向北，二四三团向南，全力奋击。全师指战员英勇战斗，一举扫平约 40 公里敌碉堡线，出色地完成了任务。然后迅速收拢部队，向石楼开进。石楼守敌为温玉如旅四一三团（团长邢家骧）团部，辖步兵1个营和机、炮各1个排，见我军人多势众，不敢应战。我军亦不愿在此纠缠，从石楼以北继续东进。至此，红八十一师随总部顺利地渡过了黄河。

我东征大军突破敌黄河防线后，阎锡山慌了手脚，尽管他不想让蒋介石染指山西，但此时却不得不向蒋介石告急求援，另外又慌忙调兵遣将，分别由中阳、汾阳、介休、隰县等地向我军发起反击。

1936年3月初，我红一军团和红十五军团继续东进至兑九峪一线。总部随十五军团到达了孝义城西南的大麦郊，越过了同蒲路。为了扫除东进障碍，粉碎敌之阻拦和围攻，红一方面军决定：以一部兵力在石楼、关上村牵制敌之第一、第四纵队，集中主力歼灭兑九峪地区敌之第二、第三纵队。令一军团由北向南攻击眼头村之敌；十五军团之七十五师、七十八师由南向北攻击仲家山之敌；八十一师由西向东攻击淋淋洼之敌。实际上是对兑九峪之敌形成了三面包围之势，犹如一个口袋，八十一师恰恰在这个口袋底上，任务是相当艰巨的。

3月10日清晨，战斗打响了。一开始就异常激烈，枪声、炮声响成一片。阎军仗着山西有兵工厂，对弹药是毫不吝惜的，特别是阎锡山为了山地作战专门制造的手雷，装药比一般手榴弹多，声音响，杀伤力强。随着爆炸声，大地颤动，硝烟弥漫。

兑九峪位于吕梁山南端，山高 1000 余米，满山是深不见底的沟壑，地势险要，易守难攻。这显然是一场恶战。淋淋洼由两个制高点组成，呈东西向一字排开。红八十一师的分工是：二四一团打东面的山头，二四三团打西面的山头，我带师部随二四一团行动。我军装备较差，因此火力较弱，压制不住敌人的炮火。山上又是光秃秃的，没有什么树木遮掩，整个部队的行动都暴露在敌人的火力压制之下，造成伤亡比较大。阎锡山的部队打防御战比较内行，这大概和阎锡山这个"土皇帝"多年来闭关自守，一直怕别人侵占他的地盘有关。这样一直僵持到中午时分，阎锡山的几架飞机也从太原飞来助战。由于我军没有防空武器，因此阎军的飞机放肆地轮番低空轰炸。50 磅一枚的炸弹不断落在我军的阵地上，给我军的进攻增添了新的困难。当时，我的心里焦急万分。

午后，设在与兑九峪仅一沟之隔的郭家掌的红军总部指挥所被敌发现，阎军一部从二四三团左翼顺山沟向毛主席和总部所在地进袭。我在二四一团阵地上看到此种情景，急得眼睛都要冒出火来。就在这紧急关头，只见二四三团果断地撤下主力，向郭家掌机动，同时向偷袭之敌反击。双方激烈交战两小时，二四三团打退了偷袭之敌，将敌压回淋淋洼，并乘胜一举攻下了西山头。

战后，二四三团团长李仲英告诉我，当时情况危急，容不得多加考虑，他便当机立断带部队增援总部。在总部附近，他看到叶剑英参谋长已经带领总部警卫人员在山坡正面抗击敌人。彭德怀同志对李仲英下了死命令：不管伤亡多大，一定要把敌人赶回去，确保总部的安全。在彭德怀同志亲自指挥下，打退了敌人。

到了下午，仗越打越激烈，双方已呈胶着状态。敌人似乎是越打越多，枪炮声也越来越猛烈。敌军的数目绝非战前敌情通报所讲的四五个团，而是有十几个团的样子。后来查明，阎锡山所派李生达纵队和王靖国师，由太原乘汽车前来增援，已经加入了战斗。

下午 3 点左右，总部通信员送来命令：敌援兵已经到达，敌我兵力对比发生了明显的变化。要我们务必尽快夺下东山头，以掩护我军主力撤出战斗。我即下令二四一团改变战术，由一、二营的左右两路钳形攻势改为集中兵力攻击一点。二四一团是师的主力，平素很能打仗。而这次的对手是阎锡山的六十六师，装备精良，弹药充足，士兵还配有工兵锹或十字镐，修筑野战工事十分在行。特别是阎军装备有山炮，阎锡山曾自诩其炮兵是国内无敌的，蒋介石也没有他这样强大的炮兵。由于交战双方距离很近，山炮标尺均在千米以下，对我军的威胁很大。

眼看着黄昏即将来临，我令二营营长贺吉祥组织突击队，向敌发起冲击。贺吉祥是我的弟弟，作战从不怕死，以往打仗，最危险、最艰巨的任务往往落在他的身上。我亲自指挥重机枪连（4挺重机枪）做掩护，突击队舍生忘死，迎着枪林弹雨往上冲。贺吉祥的脖子被子弹擦伤，淌着血，冲在最前面。部队终于冲上了东山头，但立足未稳，又被敌人的反冲击打了下来。紧接着二四一团又组织了一次强攻，还是没有成功。

听着震耳欲聋的枪炮声，望着倒在攻击路上的战友，同志们热血沸腾，纷纷要求参加突击队。

第三突击队由一连连长李发带领，有20多人参加，身背大刀，手握手榴弹，突破点选在敌侧后。全团火力一齐发射，喷出仇恨的子弹。过了一会儿，山头上响起一阵手榴弹爆炸声，在望远镜中，透过硝烟，隐约看到李发他们挥舞大刀，在与敌人拼杀。我急忙大喊一声，带领后续部队迅速冲了上去。随后，红八十一师牢牢守住了阵地，击退了杨效欧部一个团的多次反击。入夜时分，总部要红八十一师撤出战斗。我们掩埋好烈士的遗体，撤出了这块鲜血浸透了的阵地，转至大麦郊南张村至池镇一带集结休整。

这真是一场惊天地、泣鬼神的战斗。当年战场附近为我军抬过伤员、为敌军掩埋过尸体的村民仍有健在者，他们谈起那场难忘的战斗，总是说：打得太厉害了，从来没有见过那么多的死人，一连干了几天，才把尸体埋完。

兑九峪战斗后，二四三团因保卫总部，受到红一方面军的通令嘉奖。奉总部的命令，我把二四一团一营调给总部，担负警卫任务，并派团长王思温和师政治部宣传科科长高维嵩同志去加强这个营的领导，确保毛主席和总部机关的安全。

1936 年 3 月中旬，阎锡山四个纵队以救援石楼为目的，重新发起对我东征红军的反击。蒋介石的中央军也开始陆续进入山西，第二十五师主力已进入灵石，第一四一、一四二师正向介休、灵石间开进，第十三军正准备从风陵渡北上。鉴于敌人集中兵力向石楼方向反击，减弱了太原和晋西南、晋西北的防守兵力，方面军决定：第一军团和红八十一师为右路军，继续南下，相机夺取赵城（洪洞）、临汾，并向曲沃、闻喜、运城前进；第十五军团主力为左路军，乘虚北上，第一步相机占领文水、交城及其附近地区，威逼太原；第二步相机占领静乐、岚县、岢岚，创立晋西北游击根据地，打通同陕北神府苏区的联系；原在石楼地区的红十五军团 1 个团另 1 个营及新成立的红三十军和山西游击队等为中路军，担任牵制敌人，继续包围石楼，控制黄河渡口，维持后方交通等任务。

按红一方面军部署，我八十一师随一军团南下，一军团派政治部副主任兼宣传部部长邓小平同志来我八十一师加强指挥帮助工作。我记得他那时骑一匹大黑骡子，话语不多，经常下到基层了解情况，考虑问题周到、细致。参加红八十一师领导的会议，发言简明扼要，常常是一语中的。那时随我们行动的还有一军团司令部的孙毅。

3 月 17 日，红一军团和红八十一师突破了敌汾河堡垒线，由霍县地区向南疾进，迅速占领了霍县、赵城、临汾、襄陵（襄汾）、曲沃等地区。那一阶段部队很辛苦，又要行军，又要打仗，还有一些伤员随队行动，常常是一天换一个地方。

晋南是山西的好地方，土地肥沃，人口稠密，物产富饶。红军即在这个地区宣传党的抗日救国主张，筹集粮款，扩大红军，建立抗日救亡团体和红色政权，壮大抗日力量。在 20 多天时间里，我八十一师扩充红军 800 多人，组建两支地方游击队共 50 余人，筹集黄金 20 余两，银圆 1 万余元，粮食 40 余万斤，并在晋南广大地区播下了抗日救国的火种。

记得赵城有个马牧村，村子很大，有几千村民，我们在那里短暂休整。山西人民在阎锡山的残酷统治下，思想闭塞，对我党我军不够了解，所以我们要求每一个指战员都要学会做群众工作，积极宣传抗日。我们在那里休整了一段时间，补充了 200 多新兵，有些十五六岁的娃娃也吵着要参加红军。我们再三劝阻，说明他们年龄太小，不能当兵。可是他们亲眼看到了红军是为穷苦人翻身求解放的队伍，软磨硬缠，非要参军不可。最后只得招了一些娃娃兵，把他们安排在师政治部宣传队里。

1936 年 4 月，正当我东征红军高举抗日救国义旗，在晋西、晋南地区发动群众，组织抗日力量的时候，蒋介石、阎锡山又纠集重兵，向我东征红军实施反扑。蒋介石本人还于

4月9日飞抵太原，亲自部署"进剿"东征红军事宜。红一方面军在敌优势兵力压迫下，逐步由进攻转入防御，并开始做回师西渡的考虑。

4月上旬，红一军团北移。4月中旬，我八十一师直接归红一方面军指挥。此时，各路敌军向我军围来，妄图将东征红军消灭于黄河东岸，同时，蒋介石又命令陕、甘、宁各省国民党军队向我陕甘苏区进攻。为了避免与优势之敌作战，保存抗日力量，巩固和发展陕甘苏区，争取抗日民族统一战线的实现，4月下旬，红一方面军总部决定：回师河西。

4月26日，东征大军相继西移。为掩护主力安全西移，活动于新绛、侯马一带的红八十一师，奉命于27日拂晓进至稷山县，并迅速占领城北侧之冯市塬，阻击敌关麟征部的尾追。我率二四一团占领大佛寺一线阵地，依托有利地形阻击敌人。大佛寺位于稷山县城以北30余公里处，地形复杂，岭谷交错，为北犯之敌必经之地。

来敌是关麟征所辖二十五师，是蒋介石的"中央军"。关是我的陕西同乡，行伍出身，打仗很猛，入晋后不可一世。战斗打响后，敌人先用重炮轰击我阵地，继而又组织了轮番冲锋。由于二四一团的一个主力营调给总部担负警卫任务，防守正面又宽，我方兵力明显不足，连一些勤杂人员都拿起枪投入了战斗。

打阻击战对部队的消耗最大。我红八十一师仓促修筑的防御工事，几次被敌方炮火炸平，部队的伤亡也不小。特别是二四一团六连一排孤军坚守大佛寺阵地，与数十倍于己之敌激战一日，除排长冯振海身负重伤外，其余战士全部壮烈牺牲。黄昏，大佛寺失守。我亲自带两个连的兵力向敌反击，力图夺回大佛寺阵地。无奈敌兵力太多，又都是训练有素的正规军，我几次反击均未成功，遂退至大佛寺北一个村子里，又顽强阻击了一整夜。

经一天一夜激烈战斗，我们打退敌人 10 余次进攻，阵地前沿敌尸横陈。这时，红一军团政委聂荣臻同志给我打来电话，表扬我们拖住了敌人，给主力转移赢得了时间，要我们立即撤退。我用自己的黄骠马驮着腿负重伤的冯振海排长，留下一个连轻装抗击敌之尾追，带领部队迅速摆脱敌人，进山回撤。

大佛寺战斗后，我红八十一师派出工作队，拿出全师的牲口，其中包括我们师首长的马匹，协助地方工作人员将筹集的粮食、物资运往河西苏区。我师全体指战员上至师长下至普通战士，每人身背 35 天的口粮，以每天 40 公里的行进速度，边打边撤，抗击着汤恩伯部 3 个师的追击，胜利地完成了掩护红军主力西渡黄河的任务。

5 月 3 日，我师从延水关渡河，返回延川县段家河休整。

5 月 11 日，毛主席在延川县大相寺主持召开了中央政治局和团以上干部会议。记得除了红一方面军及红一军团的领导外，到会的各师领导同志有：一师陈赓、杨成武，二师刘亚楼、萧华，四师陈光、彭雪枫，八十一师贺晋年、张明先。毛主席在会上讲了话，他说："东征结束了。东征取得了伟大胜利，扩大了我们党的政治影响，壮大了红军队伍。我们还筹到了不少粮款，这样，坚持陕北根据地我们就更有把握了。"

东征战役历时 75 天。黄河天险任我红军战士跨越，山西大地上留下了红军的足迹，山西人民的心中播下了抗日救国的火种。东征战役的胜利，再一次证明了中国共产党是中华民族的脊梁，中国共产党领导下的红军是所向无敌的。

追忆在红二十五军的后勤工作[*]

刘炳华

我于 1929 年参加黄麻起义加入红军，1931 年在红二十五军七十四师二二二团因战斗负伤，痊愈后腿部伤残不能走路、爬山，连里把我从战斗排调到连部当管理排长，即现在的司务长。当时的管理排长除管理连队的生活外，还肩负全连的早操、晚点名、内务整理、卫生检查，以及枪支、弹药的保养和管理。不久，我又被调到本师二二三团下属营部当副官，负责全营的生活管理。

1932 年，我被调到本团团部当副官，负责全团的供应工作。团里给我配了一名粮秣员，平时负责向地方苏维埃政府接洽粮食以及全团的穿衣、号房等事宜。部队作战时，我即指挥向全团的营、连及时送饭，保证指战员的饮食。

1933 年，团成立供给处，任命我为供给处处长，当时

　　* 本文节选自《红二十五军、八路军一一五师、新四军三师后勤工作琐忆》，收录时做了适当修改。

我 21 岁，是营级干部。组织上给我配备了饲养员、运输员、勤务员和通信员。供给处编员 70 余人。军需科 7 人，科长伍瑞卿；粮秣科 7 人，科长关盛文；财政科科长蔡跃智；总务科 6 人，科长方忠胜；另有通信班 12 人，运输队 12 人，炊事班 5 人。

这段时间，红军肯定了毛泽东关于"工农武装割据"的思想，同时规定了红军开展游击战争，壮大革命队伍，采用"敌进我退，敌驻我扰，敌疲我打，敌退我追"的灵活机动战略战术，不断巩固和发展革命根据地，建立了红色政权。1930 年肃清"立三路线"的错误以后，红军集中优势兵力连续粉碎蒋介石发动的 4 次"围剿"，击败了敌军的主力，给敌人以很大打击。我所在的鄂豫皖根据地和中央根据地一样，也得到了巩固和发展。此时为红军的兴旺发展时期，参军的青少年非常踊跃，红军不断扩大。那时候，红军的后勤工作还比较简单，工作也好做，吃、穿、烧柴都由地方政府组织供应，只有油、盐、药由部队自行筹集解决。

红军经常出击敌人，打胜仗，苏区群众热爱红军，经常开展拥军优属活动，主动给部队送猪、牛、羊肉和豆腐干等食品。因此，部队生活过得非常好。战场上下来的伤病员，全由苏维埃政府组织妇女慰劳队统一护理。她们细心地给伤病员喂饭、喂水、洗脸、洗脚，亲如家人。后方医院的医护人员也精心治疗，让红军伤病员及早痊愈，重返前线杀敌。

当时的苏区，地处边区，医药来源非常困难。解决的办法，首先是靠打仗缴获敌人的战利品，其次是靠抓国民党军官向他们要一批医药用品；第三是打开城镇后没收一批药品；第四是向地主、资本家要一些药品、绷带等。由此可见，那时红军的吃、穿、医药以及伤病员的安置和治疗没有多大困难，后勤工作做得也比较活跃。

1933 年蒋介石又调集百万大军、200 多架飞机对革命根据地进行第五次"围剿"，由于王明"左"倾冒险主义，终于导致红军第五次反"围剿"的失败，红军的力量遭到重大损失。苏区的革命群众被国民党残杀，钱财、衣物和粮食都被国民党洗掠一空，房子被烧光，许多人流离失所，无家可归。中青年都被抓去当兵，修碉堡、做工事；青年妇女被敌军抓到，不是被污辱，就是被卖掉。留下的老年、儿童不是饿死就是冻死。各级苏维埃政府全部被破坏了，党的干部有的被杀，有的被抓进监牢，幸存的干部都纷纷参加了红军，革命暂时转入低潮。地主阶级对农民疯狂反攻倒算，"三年粮一年完，三年租一年交"，给农民带来了无穷的灾难。

敌人占领苏区后，又相继恢复了国民党的反动统治。区、乡政府和保甲制度重新建立，把群众管制起来，规定每 10 户共用一把菜刀，甚至连常用的一些小农具也被严格管制起来，凡是钢铁工具都由保甲长登记，就连群众的行动也要受到严格的监督和限制，人们只好在夜里偷偷地活动，给红军送信带路。红军的处境也十分困难，特别是后勤工作，难度比以往大大地增加了。因为敌人对苏区人民实行了经济封锁，红军原来的粮食、药品、被服等的来源都被切断了。因此，红军吃的粮食、穿的衣服、用的药品等只能靠堵截国民党的运输队缴获。例如：1933 年 8 月 17 日，红八十二师和皖西北一、二、三路游击队，在史河上游上磊子截击敌第十二师运送物资的 70 多对毛竹排，全歼敌军 1 个营，共缴获大米 190 万斤和大批日用物资。12 月中旬，皖西北的红二十八军，接连袭击敌吴桥、黎家集等地，歼灭敌民团 500 余人，缴获棉布 600 多匹，棉花 2000 斤。1935 年 5 月下旬，敌十三师前往六里坪接替敌七十五团的防务，被我袭击，经过激战，缴获了 22 袋面粉和其他物资。次日又在狗机岭以南截击了由七里坪返回红安（时名黄安）县城的敌七十五团，缴获面粉 30 余袋。

红军还派部队到敌占区去筹粮，没收地主的粮食、衣物、布匹等。例如：部队打下河南固始县三河尖时，缴获了大批粮食、衣物、布匹、食盐、药品等，用十几个毛排运往苏区，仅现大洋就装了 2 个毛排。部队到安徽的张巴岭没收了地主的粮食、鸡、鹅蛋、板鸭等。又一次到麻城县伏天河搞粮，由部队掩护，运回大批大米。仅这两次，就足足让部队吃了 30 多天。当然这些东西并不是来得那么容易，而是用战士的鲜血和生命换来的。

食盐的来源在当时也是突出的大问题，看望病号的同志只要带去一点盐比带什么都好。国民党严格控制向苏区进盐，红军的食盐主要依靠打开城镇以后没收官商的盐，或由群众偷偷摸摸地向盐商买一点送给红军。

红军物资供应最困难的时期要算 1933 年 2 月围攻七里坪的时候。七里坪位于红安县城以北，距县城 40 多里，西、北两面有倒水河做自然屏障，东、南两面均为高地，大、小悟仙山是突出的制高点。敌第十三师 3 个团 6000 余人驻扎在这里，遍筑围墙、壕沟、碉堡，设置铁丝网，工事相当坚固，而且敌人还继续增加兵力。我军只有 3 个师，全部兵力万余人。战斗打响后仅 10 天，粮食就供应不上了，苏区人民把仅有的一点口粮，一碗、一升、半斗地拿出来支援红军，甚至不惜把牛杀掉，把刚灌满浆的大麦割下来，送给红军吃，而他们却终日以野菜充饥。人民群众对革命的忠诚以及他们对革命所做的贡献，我们是永生难忘的。

根据地实在筹集不到粮食，筹粮部队就到一二百里之外的宋埠、黄陂、陂安南等地筹粮，但所获不多，背运困难，不能解决大部队的粮食供给。这时红军的处境非常困难，指战员终日在枪林弹雨中战斗，有 43 天没吃过粮食，8 个月没住过房子。红军把自己的骡马都吃光了，就以野菜、树皮、树叶充饥，皮带、皮鞋底也吃过。极度的艰苦生活，频繁的战斗，把部队拖垮了，指战员生病的不少，特别是得疟疾病的日益增加，又无药治疗，部队的减员率日益上升。除战斗中牺牲的以外，还有病死、饿死、冻死的，减员总数约占一半。但是，红军并没有被恶劣的环境所吓倒。根据实际情况，省委决定红二十五军于 1933 年 6 月 13 日撤围七里坪，到敌占区打游击。这时后勤工作形势有了变化，部队建立和健全了后勤机关，工作也就好做得多了。团设供给处，处辖财政科、军需科、粮秣科、总务科、运输队和警卫班，共 50 余人。供给处的任务是保障部队的物资供应，保证部队吃饱肚子，还要吃得好。战士们吃上了油、菜、猪肉和鸡、鸭等副食品，部队的被服、擦枪布、擦枪油也有了保证。这些物资的主要来源，是打开城镇以后没收地主、豪绅、资本家的。我们刚到白区时，怕战士们吃得太饱，把肠胃胀坏了，因此部队规定每天吃一顿干饭、两顿稀饭，三天以后才能随便吃。白菜、豆腐、猪肉，一个班每顿一大瓷盆。两个月过后，指战员个个满面红光，吃得胖胖的。战士们理了发，洗了澡，换上了新装、新鞋袜，腿上也打上了新绑腿，显得精神抖擞，一昼夜行军 240 里，还连续打了 3 个胜仗，这就是河南省商城县汤泉池一仗，河西的煤山一仗，潢川的大柳树一仗，共歼灭敌人数千人，缴获战利品甚多。红军每到一地，总是帮助老百姓担水、扫地，并且买卖公平，不拿群众一针一线。不但彻底粉碎了国民党的反动宣传，而且为我们的后勤工作打下了良好的群众基础。我们买菜、买柴、买草，群众都热情支持。红军严格执行三大纪律八项注意，绝对不让群众吃亏，借群众的东西用后归还，损坏东西按价赔偿。军爱民，民拥军，同心协力杀敌人。

战时的后勤工作，红军接到作战命令，首先必须给部队准备粮、油、盐、菜。打起仗来，由后勤部门负责督促检查各营、连伙食单位按时做饭，及时将饭菜送到阵地上去，保证战士们吃饱、吃好，只要条件允许，要让战士们吃上热菜、热饭。同时还要准备伤病员的饭、菜、开水等。其次，动员组织群众担架队，到火线抢抬伤病员。此项工作由团供给处、政治处、卫生队共同负责完成。再次，给俘虏兵准备饭菜，每次打了大仗后，俘虏兵都很多。如：1932 年 3 月 6 日郭家河战斗，俘敌第二〇五团团长马鸣池和残敌 2000 余人，并缴获山炮 1 门，迫击炮 8 门，机枪 12 挺，长短枪2000 余支，子弹 1 万余发，战马百余匹。10 月下旬将敌第十二师、四十五师、独立第九十旅各一部合围于熊家河，歼敌 1 个团，俘虏千余人，缴获长短枪 800 多支，迫击炮 3门，军大衣 700 多件。1935 年 3 月 10 日，我军在华阳镇消灭陕军警二旅，俘敌团长以下 400 余名，毙伤敌 200 余名，缴获长短枪 500 余支。敌旅长张飞生负伤，藏匿在敌尸堆里装死，后乘夜色逃走了。4 月 9 日，在陕西蓝田县葛牌镇全歼陕军警三旅，缴获枪支弹药很多。这些俘虏兵下来都要给饭吃，而且还要召开大会，向他们交代俘虏政策。愿意参加革命的就留下来，编入红军连队，不愿当红军的每人发给10 元现大洋回家。国民党兵都知道红军的俘虏政策，缴枪不杀。敌九十军有个士兵姓戴，满脸麻子，人称戴麻子，一共交过 5 次枪，混去现大洋 50 块。最后，打扫战场，收拾枪支弹药及军用物资，清点战利品。

总之，后勤人员非常辛苦，行军打仗，每到一地，第一件事就是支锅烧水做饭，买柴买菜。战士们可以洗洗脚，休息一会儿，而伙夫们却没有休息时间，往往吃完饭马上集合行军，有时连打草鞋的时间都没有。供应处粮秣科的同志随手枪团在前面走，先去筹粮、买柴、买草，待大部队一到马上有粮吃、有柴草做饭。后勤人员只有在部队驻扎下来以后，才能有时间休息一下。医护人员也是很辛苦的，部队一到宿营地，战士们都休息了，却是他们最忙的时刻，不停地给伤病员看病换药。

1934年11月11日，鄂豫皖省委决定红二十五军穿过平汉线往西挺进，高举中国工农红军北上抗日第二先遣队的旗帜，开始长征。那时，四面受敌夹击，我们没有制空权，没有高射武器。敌机来了，部队一条线卧倒，人不动，就是敌机丢下再多的炸弹，我们损失也不大。困难的是供给处和骡、马运输队目标大，难以隐蔽，是敌机轰炸扫射的主要目标。我们每到一地还要马上去筹集粮草，买菜做饭。政治部（处）派人调查到地主情况，我们就派人去没收地主豪绅的金银财宝、粮食等。粮食多了部队带不动，就分给群众。因此，红军所到之处，都受到穷人的热烈拥护。后勤部门把没收的大批银圆、布匹等贵重物资全部用牲口驮走，牲口驮不完的就分给营以上干部每人100元，供给处的干部每人背200元，经常弄得大家日夜不得休息。敌人来了，部队经常边打边走，给后勤工作增加了很大困难。

部队到达陕西省南部地区进行短期休整后，经太白镇、东华池之间渡过葫芦河，沿陕甘边界的崇山峻岭，继续向北前进。沿途贫瘠荒芜，人烟稀少，无粮可筹，最后到了山穷水尽的地步，全军断炊，饥不可忍，有不少营以上干部将自己的乘马杀掉，给战士充饥，解决燃眉之急。正当万分困难之时，恰遇到一个赶羊的商贩，军供给部马上派人交涉，买下了这群救命的羊群，共四五百只。从而缓解了红军长征路上的严重饥饿危机。

1935年9月，红二十五军经过艰苦战斗，日夜兼程，转战南北，彻底打破了敌人的围追堵截，胜利到达陕北革命根据地，完成了长征。9月16日，刘志丹等同志率领红二十六、二十七军来到延川县永坪镇，和红二十五军胜利会师。18日，在永坪镇广场上，举行了盛大的联欢大会，庆祝胜利和纪念九一八事变四周年。会上，刘志丹、徐海东、郭述申、聂洪钧、朱理治等分别代表陕北根据地人民和红二十五军、西北军委、中共西北工委讲了话，祝贺红军胜利会师，并号召全体军民互相学习，加强团结，积极参加抗日救国运动，坚决粉碎敌人对陕北革命根据地的第三次"围剿"。以后，红二十五军同陕北的红二十六军、红二十七军合编为红十五军团，徐海东任总指挥，刘志丹任副总指挥，辖七十五师、七十八师、八十一师。我调到七十五师任师供给部部长。

红七十五师供给部组织机构和人员编制如下：财政科科长张桂胜，设会计1人、出纳1人、挑钱运输员1人、勤务员1人，共5人；军需科科长伍瑞卿，设科员5人、勤务员1人，共7人；粮秣科科长关盛文，设科员5人，勤务员1人，共7人；警卫班32人，运输队20人；总务科有科长、事务长，设勤务员1人、警卫员1人、饲养员1人、炊事员多人。

我们到达陕北后，后勤工作就好做多了，粮食由苏维埃政府按部队人数定量供给。副食品油、盐、肉由各个伙食单位自筹。我记得用6元现大洋可以买一头百余斤的大肥猪，公买公卖，人人执行三大纪律八项注意。苏区的妇女主动帮助战士缝补衣服，情深意长，军民如同一家人。

在军事上我们相继取得了劳山、榆林桥战役的胜利。指战员们个个摩拳擦掌，准备再打几个漂亮仗，彻底粉碎国民党对陕北革命根据地的"围剿"，迎接党中央、毛主席和中央红军的到来。

10月间，我们驻扎在保安镇（今志丹县）和吴起镇一带，具体地点我记得是打拉池。不久，彭德怀带着中央红军先遣部队也来到这里。我们供给部驻在一所学校里，彭总住在学校东面的一间窑洞里。一天晚上，彭总的两个警卫员来找我去。我刚一跨进窑洞，彭总就伸着双手迎了上来："是刘炳华同志？坐。"我们坐下后，彭总对我说："中央军委供给部尚未来到，请你替我们准备好粮食、被服和羊毛毯，供中央首长和机关用。"我愉快地接受了任务，又和彭总大致算了一下需要量。"有困难吗?"彭总问。"请首长放心，一定完成任务。"从彭总的窑洞出来，我一边往回走，一边想：毛主席、党中央快到了，中央红军快到了。回到驻地我连夜给供给部全体人员做了动员。第二天，大家分头负责筹备粮食、被服，请工人赶织羊毛毯子、腾窑洞。同志们日日夜夜地干，大家只有一个心愿：要保证毛主席和中央红军来到时吃好、穿好、住好，以我们的实际行动来迎接党中央，迎接毛主席。

大队红军来到之前，一天夜里，中央红军后勤部军需处处长来到我们供应部。他面色憔悴，身上的冬装破碎得到处绽出絮花，脚上那双鞋也快磨透了跟。我一见到这位同志，心里便不由得想起了毛主席、党中央首长和中央红军的战士们。他们该是用怎样的坚强毅力战胜了敌人，战胜了自然啊！当晚我俩一直谈到深夜，互相讲述了如何冲破敌人的前堵后追，北上抗日的；在困难的环境中如何进行后勤保障工作的。第二天，我给老处长里里外外从头换到脚。老处长看了看身上的新衣服，不住嘴地说着："好！好！小刘。"这位老处长如果活着的话，大概该100岁了，可惜我没有记住他叫什么名字，离开陕北后再没有见到他。

不久，我们与中央红军在陕北吴起镇胜利会师了。彭总召开了干部会议。他在会上讲：红军几支主力部队会合到一起了，今后在军事上可以互相配合，共同消灭敌人，多打胜仗。会师以后各部队要注意搞好相互间的团结。随后，部队开到了永坪。在永坪举行了会师庆祝大会。毛主席身穿灰布军装，英姿勃发，给人以很深的印象，特别是他那一口宏亮而通俗易懂的湖南话，充满着鼓舞人心的力量，直到现在还清楚地萦绕在我的脑海里：同志们，我们胜利了！我们经过了二万五千里长征，从雪山草地过来了！我们的革命力量会师到一起了！说到这儿，毛主席那大手有力地在空中一挥，又接着问：同志们，我们的力量是强了还是弱了？停了一下，他自己回答道：我们的力量是强了，而不是弱了。台下响起一片掌声。毛主席讲完话后，彭德怀代表中央红军，刘志丹代表陕北红军都讲了话。

上午，我们和中央红军在大草坪上会餐。大家都高兴得坐不住，自己动手端菜提饭，边吃边谈。这顿饭吃了很长时间。

晚上，在台子上挂上汽油灯，台子用许多条床单围起来，我们十五军团和中央红军的干部、战士坐在草坪上看一军团宣传队演戏。就在那时我们学会了一支歌，以后到处有人在唱它：

南北红军大会合，同心协力把敌捉。
一个英勇善战不怕困难多，一个万里长征打遍全中国。
胜利有把握！胜利有把握！胜利有把握！
会合的胜利真不小，我们的力量加强了；

坚决粉碎三次"围剿"！要把阶级敌人消灭掉。

我们真快乐，我们真快乐，我们真快乐！

红军到达陕北的胜利，标志着中国革命一个新的开端。尽管我们历尽了千难万险，但是在困境中，却磨炼出了我们战胜一切的英雄气概。那时，我们红军最讲艰苦朴素，没有饭吃，一样行军打仗；没有鞋袜，一样爬山越岭；冬天没有棉衣，指战员照样踏冰卧雪。只是凭着对革命的赤胆忠心，凭着红军铁的纪律，我们从雪山草地走出来，取得了一个又一个的胜利。

正如人们所知道的那样，红军的纪律是非常严明的，尤其是群众纪律和战场纪律，更是如此。在艰苦的战争环境中，我们和人民群众结成了患难与共的鱼水之情，这一点，我们搞后勤工作的同志最有体会。因此，人民群众真心拥护我们，我们也真心地爱护人民群众的利益，不拿群众一针一线，不动群众一草一木，借群众东西要还，损坏群众东西按价赔偿。这一套群众纪律，看起来特别严格，但对我们后勤工作的开展却是非常有利的。另外，在战场上，我们不许虐待打骂俘虏，不许搜俘虏腰包，认真执行俘虏政策，为战斗的胜利起了积极的促进作用。那时候，各部队间还经常开展战斗竞赛，其中，有抓俘虏比赛、缴获比赛、战场纪律比赛、群众纪律比赛等，这些比赛，很能鼓舞士气，提高战斗力。例如，1935 年 11 月 21 日直罗镇战役的胜利，就是红一军团和红十五军团之间开展竞赛，共同战斗的结果。

　　不仅如此，红军内部还特别讲团结，讲民主。那时，全军上下都设有红色战士委员会，红色战士有权批评任何人，无论干部、战士，只要犯了错误，就要在红色战士委员会上接受批评、斗争，甚至处分。这一切，充分体现了红军官兵之间的平等互助关系，使红军队伍成为一个团结向上的战斗集体，从而为全民族抗战的到来奠定了必胜的基础。

长征路上红二十五军的卫生工作[*]

钱信忠

1934 年 11 月 11 日，鄂豫皖省委在光山县花山寨举行第 14 次常委会会议，讨论了程子华带来的中央文件和中革军委副主席周恩来的口头指示，决定红二十五军立即实行战略转移，以鄂豫边界的桐柏山和豫西的伏牛山地区为初步目标，准备创建新的苏区。为宣传党的抗日主张，扩大红军的政治影响，部队在行动中对外称为"中国工农红军北上抗日第二先遣队"。鄂豫皖苏区留下一部分部队再建红二十八军，坚持游击战争。省委决定程子华担任红二十五军军长，吴焕先任政委，徐海东任副军长，戴季英任参谋长，郑位三任政治部主任。军部对军医院的领导也做了调整，我仍担任院长，吴子南任副院长，杨则民任政委（后在陕南"肃反"中被错杀）。军医院的看护班、通信班、担架队也得到充实。

---

  * 本文节选自《回顾红二十五军的卫生工作》，原标题为《长征路上》，收录时做了适当修改。

11 月 16 日，红二十五军全军约 3000 人，从河南罗山县何家冲出发，向平汉路以西转移，军医院的医护人员和轻伤员随军转移。部队在 17 日从信阳以南的东双河与柳林之间越过平汉路，经两天强行军进入桐柏山区。这时，蒋介石派出十几个团的"追剿队"跟踪追击，并令河南各地敌军围堵。桐柏山近平汉路，回旋余地狭小，难以建立苏区，省委决定北上，向豫西伏牛山区转移。时值深秋天寒，战士仍穿着单衣，冒雨行军，衣服湿透，手冻得连枪栓都拉不开。26 日，当部队到达方城县独树镇时，敌四十军的一一五旅和骑兵团已先到两小时，由于大雾，侦察兵发现敌人时，敌人已逼近，吴焕先立即指挥战斗，令我把正患病的省委书记徐宝珊保护好。战斗一直打到天黑前。徐海东率二二三团跑步赶到，打退了敌人几次进攻。天黑以后，部队乘风雨夜暗，从敌人封锁空隙中穿插过去，次日拂晓进入伏牛山东麓。因为战斗激烈，进行肉搏战，这次战斗伤员达 100 多人，由于团、营救护工作做得好，伤员得到及时处理。突围时情况紧急，部队干部参加抬担架，让出乘马运伤员，使伤员大部分得以随部队转移出来。

伏牛山区反动统治较严，有许多地主围寨，建立苏区困难，且敌军尾追而来，红二十五军改向陕南前进。12 月 10 日，部队进到陕西洛南县庚家河（今属丹凤县）宿营。当天上午省委正开会，研究在鄂豫陕边创建苏区问题。10 点多钟，敌第六十师由七里荫奔袭而来，我军经半日恶战，歼敌 800 余人，余敌退入豫西。这次战斗，徐海东受了重伤，程子华也受伤，还有许多团、营干部也负伤，战士负伤 100 余人。战斗以后，我们用担架抬着徐海东、程子华和团政委赵凌波随部队行军。还有十几位不能行军的重伤员也抬着，后来安置在当地山乡群众家里，我们给伤员留下一些药，告诉他们如何换药。

部队进入陕南以后，陕西是杨虎城的地盘，杨和蒋介石矛盾很深，原来追击的敌军都没有进入陕南，而杨虎城忙于北攻陕北红军，南拒川陕边区红四方面军，一时无力分兵对付我们。红二十五军就利用这个时机，在洛南、卢氏、镇安、郧西之间开辟苏区。部队一边摧毁民团和反动政权，一边休整。军医院也抓紧培训部队看护和卫生员，充实战地救护力量，并对一些重伤员进行治疗护理。徐海东头部负伤，按颅脑外伤的护理原则，保持静养，防止感染，经两个月治疗，恢复了健康。程子华两手受伤后仍坚持指挥作战，伤口红肿发炎，我们采取了扩创消毒和夹板固定的办法，经过一个多月，才退烧消炎，逐渐康复。赵凌波经过手术取出子弹，很快痊愈。但是，徐宝珊书记因肺病晚期，长征到陕南途中经常发烧，在陕南发展到大口吐血，于 1935 年 5 月 9 日病逝。

红二十五军在陕南待了 7 个多月，扩大了地方武装 2000 多人，创建了陕南苏区。1935 年 1 月，蒋介石下令对红二十五军进行"围剿"之后，我们打了几个大的胜仗，歼灭了陕军警二旅几个营，全歼了警一旅，部队由原来不到 3000 人，发展到 3700 多人。7 月 16 日，红二十五军从西安以南沣峪口出发，离开陕南北上，从西安到兰州公路线，打下了几个县城。敌军分兵追击红二十五军，起到了掩护中央红军北上的作用。此间，吴焕先政委在战斗中牺牲。1935 年 9 月 15 日，红二十五军胜利到达延川县永坪镇。军医院从鄂豫皖苏区随部队行动 10 个月，转战数千里，胜利结束长征。

在长征路上，徐海东军长总喜欢要我同他一起上阵地。当他观察地形，确定战斗部署后，我就按作战要求，设置医护点。因此，一般有准备的战斗，医疗救护工作都比较及时，战斗结束即把轻伤员分散到部队，重伤员不能随军行动的进行妥善安置。所以，军医院和军领导的关系非常密切。在正常行军的情况下，医院派出医务人员随后卫做收容工作，把途中有病人员都收容起来，病重的用担架抬；到宿营地后，根据敌情和病情，采用分工负责的办法进行随队或安置。这样做，对巩固部队起到了积极作用。红二十五军长征出发时，不到 3000 人，到了陕南，仍有 2700 人，减员不到 10%。整个长征途中，大部分时间都在行军、作战，很少大休整，偶尔休息一两天，医疗工作只得利用途中休息给病员看病，给伤员换绷带。

总之，红军医院伤病员治愈率较高的原因，有以下几点：（一）苏区人民非常关心伤病员，虽然生活条件很差，但他们常把家里仅有的一些粮食和食品送给伤病员；（二）伤病员分散住群众家里时，群众对伤病员亲如家人，胜过家人；（三）部队经常转移，由于部队和群众关系密切，伤病员的转移都能及时得到群众的帮助；（四）苏区发展很快，人民信任红军，即使在斗争最艰苦的时期，群众坚定地相信，红军必然会取得胜利。

巩固陕甘苏区中的红二十五军医院[*]

钱信忠

1935 年 9 月 16 日，刘志丹率领陕北红二十六军、二十七军来到延川县永坪镇，和红二十五军胜利会师。

会师后，红二十五军和二十六军、二十七军在中共北方代表驻西北代表团和陕甘晋省委的主持下，合编为十五军团，徐海东任军团长，程子华任政委，刘志丹任副军团长兼参谋长。我担任红十五军团卫生部部长。军医院在永坪镇进行了短期的休整。军团领导要求红二十五军的同志虚心向陕北红军学习，搞好革命团结，并经常督促部队搞好作风纪律，严整军容风纪。在永坪镇又成立了后方医院，开始由吴子南任院长，后由李资平接任，负责前方医院后送的伤病员治疗任务。

合编以后，部队卫生工作主要办了两件事：一是召集原

---

　　* 本文节选自《回顾红二十五军的卫生工作》，原标题为《巩固陕甘苏区》，收录时做了适当修改。

红二十五军和红二十六军、二十七军的医务干部，在永坪镇开了一次军团卫生工作会议，贯彻军团领导的指示，在这次会议上，红二十五军和陕北红军的医务干部互相交流了部队卫生工作的经验。当时，陕北红军无论医务干部、药品还是器械，都比红二十五军困难。因此，我们就动员由红二十五军为基础组建的红七十五师各团的卫生干部支援陕北红军；把红七十五师的药品、器械，调拨一批补充给以陕北红军为基础组建的红七十八师、红八十一师。第二件事，是组织红十五军团的医护人员参加劳山战斗、榆林桥战斗的前线战场救护工作，取得了令人满意的效果。

1935年9月，蒋介石为消灭红军，摧毁陕甘根据地，调集10万余兵力，自任西北"剿匪"总司令，以张学良为副总司令，对陕北根据地进行第三次"围剿"。为了粉碎敌人的进攻，红十五军团决定组织劳山战斗。9月28日，地方部队包围甘泉，调动延安敌军回援，主力在甘泉以北15公里的劳山地区设伏。10月1日，敌——〇师主力由延安南援甘泉，进入我军伏击圈，我军即据有利地形发起猛攻，激战6小时，歼敌大部，俘敌2000余人，缴获战马300余匹和大批武器、装备，敌师长何立中负重伤逃到甘泉，不久毙命。战斗中，师、团卫生部门组织医务人员，在离前线指挥所不远的地方设立医疗救护站，及时抢救从阵地上撤下来的伤员。这次战斗，俘虏的伤兵较多，我们除给以治疗外，从俘虏伤员中发现一些军医，经过动员争取，他们参加了红军做医务工作。接着主力南下，在 10 月 25 日向鄜县榆林桥守敌第一〇七师六一九团及六二一团二营发起进攻。红十五军团七十五师和八十一师的 1 个团参加战斗，经过逐街逐屋激战，全歼守敌，俘敌六一九团团长高福源以下 1800 余人。医护人员除随部队做战场救护外，都参加了战斗，并随部队搜索在窑洞固守的残敌。由于打攻坚战，我军伤员近 200 人，对轻伤员包扎处理归队，重伤员则派担架转送永坪镇后方医院治疗。过去 3 年红二十五军基本上没有后方根据地，到了陕北有了根据地，也有了后方医院，医务干部都很高兴。

1935 年 10 月 19 日，中央红军长征到达陕北。11 月初，毛泽东、彭德怀来到鄜县道佐铺红十五军团部，对军团领导亲切勉励。中央红军和红十五军团合编为红一方面军。11 月 20 日，红一方面军发起直罗镇战役。为及时抢救伤员，军团卫生部在前线指挥部附近的山坡下设立手术救护组，战地卫生员把伤员送来，马上做外伤急救手术，减少了因失血过多而造成的死亡。战斗打响不久，我们就收容了 100 多名轻重伤员，及时做了处理。由于当地用水困难，医护人员一面抢救，一面轮流到几里路外去挑水，供消毒和伤员饮用。红一方面军总部卫生部长黄克诚到前线医务所来看望伤病员，他勉励我们说："你们在敌人飞机经常轰炸的情况下，使伤员得到治疗，还使大家都能吃上饭、喝上水，很不容易啊！"周恩来、彭德怀在硝烟弥漫的战场上指挥战斗，知道敌机轰炸，特地派通信员把我叫到前线指挥部阵地，关心地询问："伤病员有没有损失?"我报告说："敌机轰炸前，我们已经把伤员隐蔽在窑洞里，没有损失。"他们高兴地嘱咐我说："你们要精心治疗，注意隐蔽。"

我回到医务所传达了周副主席、彭司令员的指示，大家很受鼓舞。战役结束后，我们把百多名轻伤员送归部队，剩下十几名需要继续治疗的重伤员，派担架送到后方医院。徐海东夸赞这次实战医务工作准备充分，做得很出色。

1935年12月，在党领导下的北平学生发动了一二·九抗日救亡运动。中央军委决定东进抗日，以红一方面军组成中国人民红军抗日先锋军，于12月24日下达准备行动计划。红十五军团在延川县文安驿，接受了毛主席的检阅后，部队立即投入东征准备。军团卫生部也召开卫生工作会议，部署东征战地卫生工作。同时，为每个连队的卫生员配备了战场救护的药品和器材；并采取互教互学的办法，再次对卫生员进行战地救护训练。

1936年2月20日晚，东渡黄河的战斗打响。红十五军团强渡黄河后，直向太原方向打去。东渡黄河以后，为了配合前线作战，军团在前线与后方之间设立了兵站，负责前方弹药、被服等供应。兵站还设有兵站医院，负责处理和转运伤员。

红军向晋西挺进，逼近同蒲路。阎锡山急忙编组4个纵队分路进行反击。3月10日，我们以小部队分别钳制阎锡山部第一、第四纵队，集中主力向汾阳西南的兑九峪第二、第三纵队阵地攻击，激战到黄昏，将阎军击溃。阎军退至汾阳、孝义地区，我军也主动撤到灵石、双池（今属交口县）一带休整。这次战斗，我军伤亡很大，我们前线医务所就设在离前线很近的一个村子里。部队转移时，由于伤员多，徐海东专门派了担架和骑兵、马匹，帮助我们把伤员送到兵站医院。

从 3 月中旬到 9 月中旬，红十五军团主力北上晋西北一带作战。军团卫生部就抓紧作战空隙，办了团卫生主任训练班，我和军团卫生部的同志分别讲业务课，边作战，边训练医务干部。在文水、交城一带，我们还缴获了一大批医学书籍和药品器材，使部队的医药得到补充。在交城还动员了一姓王、一姓朱的当地开业中医参加红军，从此军团卫生部有了中医。5 月初，红十五军团回师陕北，在延川县王家坪一带休整。这次东征，扩大了我党我军的政治影响，迫使"进剿"陕北的晋绥阎军撤回山西。

5 月初，为了扩大和巩固陕甘根据地，扩大红军，并发展抗日民族统一战线，策应红二、四方面军北上。中央军委决定以红一方面军组成西方野战军，出师西征。5 月 19 日，红十五军团为西征右路军，从延川县王家坪出发，从安塞、靖边越过长城，经过两个多月战斗，横扫了盘踞在定边、预旺（今同心）、盐池、海原一带的马家军，开辟了 800 里方圆的新根据地。红十五军团司令部进驻宁夏的预旺城。

预旺、盐池一带居民以回族为主，军团卫生部开设门诊，为群众治病。开始群众不敢来看病，后来我们为阿訇做好了疝气、阑尾炎手术，消息传开来，找看病、做手术的人越来越多。我们为了尊重少数民族风俗习惯，不敢杀生。阿訇们知道后，主动来帮我们，按回族习惯宰羊、杀鸡，部队生活得到改善。部队在宁夏回族地区住了两个多月，由于认真执行民族政策，为群众防病治病，得到了回族同胞的拥护。韦州城的眼科医生苏书轩，从天津来此开业，经过动员参加了红军，以后成为我军卫生部门的领导骨干。

10 月 22 日，红军三大主力在甘肃会宁会师。11 月 21 日，红十五军团配合红一军团在环县山城堡消灭胡宗南部 1 个多师之后继续南下。12 月 12 日夜，传来了西安事变的消息。当周恩来率中央代表团到西安时，张学良、杨虎城请求红军主力开到西安附近，以对付亲日派对西安的武装进攻。他们还指名要徐海东率兵前去。红十五军团即于 12 月中旬赶到咸阳。我随徐海东先进西安，周副主席把徐海东介绍给杨虎城，杨送给红军前线指挥部一辆吉普车以示敬意。徐海东让我在西安物色一些医务人员到红军工作，并在西安购买一些急需药品。过了一两天，周恩来命令红十五军团，赶在进犯西安的国民党部队之前，抢占商州。我把购得的药品装上车，随徐海东到商州。红十五军团抢占了商州北面的大山构筑阵地。西安事变和平解决后，周副主席发出急电，令南路红军三天之内撤过渭水。红十五军团随即回师甘肃庆阳的西峰镇、驿马关地区。

红十五军团在庆阳地区开始了 5 个月的大整训。这时中央给红十五军团派来一些干部充实领导机构，给军团卫生部派来了王肇元、贺云卿、刘胜望等医务干部。在大整训中，军团卫生部对医务工作进行了调整，建立了比较正规的军团医院；各师、团也分别建立了师卫生部和医务所；并举办了团医务主任训练班和连队卫生员训练班，建立了连队卫生工作制度；并编印了《连队卫生工作须知》，发给连队连、排干部；每周医务人员给连、排干部讲一次课，以提高部队的卫生水平。

1937 年 7 月 14 日，中共中央军委发布命令，红军改编为国民革命军。8 月上旬，红十五军团从驿马关开到陕西三原县的石桥镇改编。

红二十八军的伤病员救治[*]

张　祥

三年游击战争中，不仅缺少医伤治病的药品器材及伤病员所需的生活用品，而且没有供伤病员休养的安稳环境。因此，伤病员的医疗救治工作是后勤保障工作中最困难的问题之一。

当时，红二十八军部队的医疗救护组织不健全，许多连队没有卫生人员，营以上的单位才设有卫生机构，但人员不充实，尤其男看护更少。当时根据任务需要，卫生人员有时在前方部队中担负医疗救护任务，有时调后方医院工作。由于伤亡大，又没有培训条件，医务技术人员相当缺乏，一个营医务所只有两三名医务人员，团医务所也不到 10 个卫生人员。因此，战斗中产生的伤员，多数是指战员自行包扎救护。红军指战员在战争环境中，通过实践都学会了一点战场

---

　　* 本文节选自《红二十八军的后勤工作》，原标题为《伤病员救治情况》，收录时做了适当修改。

急救知识，如包扎止血、骨头打断了用树枝代替夹板固定等。当时，在敌人围追堵截的情况下，我军在战斗中负伤的伤员，很难及时送到后方医院。所以，轻伤员一般都不下火线，能继续跟着部队行动的，都跟着部队走。负重伤不能继续行军的，就抬着走，到了地形有利、群众基础较好的地方，通过便衣队留下一些钱把伤员安置在群众家里进行治疗。为保障伤员的安全，有的群众把伤员藏在夹墙里，有的藏在阁楼上，有的藏在山洞里。群众不仅给伤员做饭吃，还想方设法弄治伤的药品。为了掩护伤病员，有的老大爷、老大娘把伤员认作自己的儿子；有的妇女把伤员认作自己的丈夫；有的群众用生命保护了伤员。历史证明，我们进行的战争，是解放劳动人民群众的革命战争。我们同人民群众的关系情同鱼水，离开了人民群众我们就无法生存。在三年游击战争中，鄂豫皖边区的人民群众竭尽全力支援我军，是我们可靠的后方。如果没有千千万万真心实意拥护革命的群众支持，在那样的艰苦条件下坚持三年游击战争并取得胜利，是绝对不可能的。

所谓后方医院，当时一没有病房，二没有固定的地点，医务人员也是背着米袋子、干粮袋子、药包，抬着伤病员在山上到处"打游击"，有时把伤员隐蔽在山林里，称为"打埋伏"。伤病员离开部队到后方医院时，也是带着米袋子。到了后方医院后，被安置在山上，住在山洞里或住在草棚里，白天隐蔽在山上，太阳落山后背下来进行治疗，吃些东西，换换药，天亮前再送到山上分散隐蔽起来。1935 年以后，由于敌人"驻剿"搜山，有的后方医院被敌人搞掉了，有的医院根据形势的需要，不得不化整为零，卫生人员跟着部队行动，打仗时有了伤员，卫生人员跟着留下来，由地下党和便衣队安置在白区革命群众家里。有时也把伤员交给同我方有联系的保长、甲长、联保主任，要他们负责安置照顾。卫生人员化装成老百姓，有的女同志化装成男的，住在群众家里，为伤病员进行治疗。有的化装成去地里干活的样子，从这个山头转到那个山头，为伤员换药、送吃的。

红二十八军政委高敬亭以及红八十二师政委方永乐等领导，十分重视伤病员的安置，把掩护伤病员作为便衣队的一项重要任务。从 1936 年起，在便衣队所开辟的游击根据地里，由于陆续收容伤病员较多，逐渐形成了伤病员收治点。在山林里搭起大草棚，办起了一些"山林医院"。如黄冈便衣队先后收容治愈了 200 多名伤病员；大冈岭、鹤落坪、小河南、仙人台等地的小医院，也经常收容数十名伤员；灵山便衣队先后掩护安置了 70 多名伤员；莲棠山便衣队和黄安县的便衣队，也掩护安置了不少伤病员。

当时治伤是很困难的，动手术没有什么条件，就在群众家里，或在山沟里进行。麻药很少，有时根本没有麻药。手术器械只有两把手术刀、一把剪刀，所用的探针有的是用洋伞骨子做的，镊子是用竹子做的。所用的敷料有时弄不到棉花，就把缴获敌人的棉被或破棉袄里的棉花拿出来清洗消毒后用，或把破被单在山沟水里洗一洗，用锅煮消毒后，用来敷伤口。绷带有时也是用被单、旧衣服制的。治外伤的药极少，主要靠卫生人员采集草药或用土办法治伤。如用盐水、茶叶水洗伤口，用南瓜瓤糊伤口，用猪油、食油替代凡士林煮布条做捻子。当时无论环境多么艰苦，情况多么紧张，前线送来了伤员，都积极接收下来，从没有拒收过一名伤员。并且经过医务人员的努力，在简陋的条件下，使许多伤病员恢复了健康。但也不可否认，由于当时技术水平不高，特别是由于医疗用品缺乏，对一些伤病员，尤其是对一些重伤员，无法实施有效治疗，以致造成残疾或不幸牺牲。

三年游击战争中，虽然生活艰苦，战斗频繁，但病员并不很多。这主要是红军很重视卫生防病工作。当时，部队行军到宿营地后，各班总要想法烧些热水让大家把脚洗一洗，穿破脚泡，用酒把痛的地方擦一擦，活活血，或收拾一下草鞋，找双包脚布用来保护脚。虽然行军频繁，但每到一地住下，对环境卫生也很注意。为了预防感冒，部队宿营后，想法弄些辣椒、生姜、大葱等熬汤，让大家喝。

由于党的坚强领导和有力的政治思想工作，加之国民党反动派罪恶行径所给予的反面教育，使红军指战员极大地提高了阶级觉悟。红军卫生人员都有高度的"爱伤"观念，把伤员看作亲人，认真为其医伤治病，在生活上千方百计地给予照顾。后方医院转移的时候，每到一地，总是先把伤病员的住处安顿好，再收拾工作人员的住处。部队或便衣队送来吃的东西，先送给伤病员吃。在粮食困难的情况下，工作人员吃稀饭，让伤病员吃干饭；工作人员挖野菜吃，想法给伤病员弄饭吃。遇有敌情时，总是先把伤病员转移、安置好，不管多么困难，多么紧急，也不丢下伤病员。有不少卫生人员为此而牺牲了生命。那时的卫生人员既是医生，又是看护，又是勤务员，又是炊事员，又是警卫员，又是担架员，又是宣传员。因此，红军指战员热情地称赞他们为红色医生，卫生人员普遍受到广大指战员的关心和爱护。

红二十八军被服厂

李正清

1934 年冬，三年游击战争开始时，我们被服厂设在安徽金寨熊家河地区。所谓被服厂，厂房不过是座帐篷，搭在半山腰被敌人"围剿"时烧剩的屋框里。几块门板及剪刀和尺子便是全部的家当了。连我在内，全厂共 7 名战士。

我进被服厂还是 1934 年春天的事。我原在徐海东领导的红二十五军经理部当交通员，个子长得矮小，身子又单薄，背枪扛粮都很吃力。一天，经理部的吴先元主任见了问我："小李，你在家是做什么的？"我答道："一边种田，一边学裁缝。"主任说："那好。被服厂正缺人手，调你去愿意吗？"于是，我被调到了被服厂，编入了第一班，开始为部队缝制衣服。

那时，红二十五军被服厂分散在熊家河几个村庄里，周围有不少群众，虽然工作生活也很艰苦，但还能得到他们的支援。可是自敌人第五次"围剿"后，情况就恶化了。熊家河遭受严重的摧残，变得荒无人烟，我们的工作和生活也就越发困难了。

不久，红二十五军转移时掉队的部分指战员找到了皖西北道委，高敬亭决定成立第二一八团，坚持熊家河地区的斗争。这时节令已经进入严冬，经过长时间辗转游击、浴血奋战的红军指战员，一个个都是破衣烂衫，缺遮少盖，穿的衣服都是大襟连小襟，截去长袖变短袖，像张破渔网似的悬挂在身上。穿着这样的衣服，能抗御大别山的风雪严寒吗？能与敌人作战吗？摆在被服厂面前的一个任务，就是为第二一八团的指战员赶制冬衣。

熊家河虽是红军的立足点，地势偏僻，山河险要，但实际上它却处于敌人的重重包围之中，部队的给养发生极大的困难。粮食匮乏，棉布奇缺。每每为了弄到一点粮食、一寸布，都需要我们的战士冒着生命危险通过重重封锁线，潜入白区，取之于敌。每隔几天，部队去白区打一次粮，在带回粮食的同时也总能缴获一些布匹。1934 年底，部队去九棵松打粮，就从地方豪绅家缴获不少布匹，交给了被服厂。有时也得到群众的支援，一次，就有四五个老乡挑来一些土布和棉花。当时群众生活困苦，却仍然节衣缩食，想方设法支援子弟兵。被服厂的同志就是利用有限的材料为红军指战员赶制越冬服装，或缝制新衣，或改单衣为夹衣，或改夹衣为棉衣。不管蓝色的、灰色的、黑色的，也不管便衣、军衣，只求衣能蔽体，抗御风寒。

为了尽快把越冬衣服送到战士手里，被服厂的战士们穿着单薄的衣服星夜赶制，忘我工作。帐篷挡不住风霜雨雪，战士们冻得身子颤抖，双手发僵，拿不住剪刀，做不成针线，就从山上砍来木柴起火，围火缝制。厂里人手少，除了发动战士们自己动手缝制外，我们还挑灯打夜工。在山风呼呼吼声里，在松明丝丝响声中，针线在我们手中不住地穿引、跳动，密密地缝制着一件件衣服，这情景多少年后还一直在我脑际闪烁。那些年月，我们过的是半饥半饱的日子，到了深夜，觉得又冷又饿，疲乏不堪。但人总是要用精神去战胜物质困难的。我们就哼歌子、讲故事，用说说唱唱的办法来驱除严寒和疲劳，拿战士们勇敢作战的事迹来激起工作的热情和力量。厂里有位罗山籍的工人，40多岁，有一肚子故事，他一边缝制衣服，一边给大家讲历史上农民起义的故事，听得我们几个小青年不知冷也不觉饿。一想到中国历代农民的苦难生活将由我们这一代来结束，大家更是精神抖擞，仿佛看到同志们穿上我们辛勤赶制的冬衣，奋战在杀敌的疆场上。1935年2月，红二十八军重建后，我们的被服厂便正式成为红二十八军经理部的一个下属单位，并增加了2位战士。

红二十八军一成立，就遭到敌人不停顿的"追剿""堵剿""清剿"和"围剿"。我们被服厂跟随部队几乎是天天跋山涉水，辗转游击。部队行军我们跟着走，部队宿营我们还做活，利用一切空隙时间，支起铺板，飞针走线。战士们风趣地说："红二十八军被服厂就拴在我们的两条腿上。"

有时，我们的工作忙得不可开交，人手显得特别缺乏。比如部队在行军作战途中，一碰到那些为非作歹、残害百姓的土豪劣绅、反动头目的老窝，就给它一个连锅端，不仅缴获枪支，还弄到不少粮食和布匹等物资。这些布匹源源不断送到被服厂，我们就有干不完的活了。有一次，部队在皖西地区游击，途经太湖县境，我们尾随部队的几个小青年，发现山洼里有个大村庄，高大的房屋，一个挨一个，黑压压一片。一了解，是当地的一家大财主，这天正娶媳妇，办喜事，贺客盈门，气派非凡。我们将情况报告了部队。部队立刻折回头，包围了这个庄子。一时贺客纷纷逃散，新郎也钻进了山沟。部队缴获很多，有粮食，也有布匹。接着又打了几家土豪劣绅。这一来，被服厂的战士都乐坏了，也愁坏了。乐的是这些布匹可以为指战员们缝制不少衣服；愁的是全厂才10来个人，怎么能做得完？

大家想出一个点子：下连队组织战士分散制作，来个"众人拾柴火焰高"。战士们下连队后，一面辅导战士做衣服，一面与战士们一起打仗，受到很好的锻炼，有的战士表现很勇敢，甚至献出了自己的宝贵生命。如被服厂一位小战士叫小秦，在毛家嘴战斗中，那天天正下雪，部队在毛家嘴休息，小秦抓紧休息时间在缝制衣服，突然来了一伙人，有挑货郎担的，有卖小糖的，还有讨饭的，形迹十分可疑。原来这伙人是敌第二十五路军特务队化装的，已经把我们包围了。部队发现敌情后，立即向大河对岸突围，我随前边部队刚跨过一道桥，转移到山上，敌人便把桥给炸断了，追敌蜂拥而至，双方展开了一场肉搏战。有的战士泅水过河，死里逃生，不少同志经过英勇奋战最后壮烈牺牲，其中就有被服厂的小秦。为了使战士们能够及时得到过冬的衣服，我们的同志不惜献出青春年华，付出血的代价。

1935 年夏季，部队转战到了湖北黄冈地区。首长们考虑，为了保障部队及时得到必需的衣物，被服厂要有一个相对稳定的环境，被服厂被安置在黄冈的大崎山。黄冈地区比较富庶，群众基础也好，又有汪少川领导的一支便衣队活动在这一带，被服厂设在这里可以得到便衣队和革命群众的保护。

一进大崎山，地方党组织将我们安排在一个大村庄的深处，一出后门，直通山林，发生什么情况时，立刻上山隐蔽。不论白天黑夜，村庄四周山上、树上，都有当地革命群众放哨瞭望，随时注意敌人的动向。因此，附近虽有敌人的据点，但我们置身在群众之中，有一种安全感。

被服厂所需的布匹原料，都由部队通过便衣队送进山来。我们将赶制好的衣服，分散到群众家里，由群众送交便衣队，然后转到部队。我们这样做，是为了避免引起敌人的注意。敌人是很注意这个地方的，虽还没有像后来那样频繁进山"清剿"，但派遣密探前来窥测动向，却是不断的。

记得一天深夜，我们正在熟睡，突然听到一阵急促的敲门声。来的是几个小伙子，向我们报告了敌情。原来当地出了个败类，为敌人做事，并多次受派遣潜回家里，刺探便衣队和被服厂的情况。便衣队和当地群众早就想把这个祸害除掉，只因这个家伙行动诡秘，多次漏网。这天夜晚，当他一潜回家里，群众立刻把他暗暗监视起来，并前来报告，要被服厂派人协助干掉这个可耻之徒。群众的高度革命警惕性和保护便衣队、被服厂的热情，使我们非常感动和钦佩。虽然被服厂没有这个任务，但还是决定派我和另一位同志随同前去除奸。我们一路小跑，刚到目的地，群众已一拥而入，抢起锄头，将那家伙劈死。

　　在群众的支援和保护下，我们被服厂的生产量不断上升，仅几个月时间，就生产了近千套服装，陆续不断地送到部队去。即使在敌人进山"清剿"时，我们缝制的衣服也不曾受到损失。

　　有一次，红军部队进山来了，不料敌人一路跟踪而来，情况非常危急，被服厂只得随部队转移。临走时，我们将未缝制好的衣服以及布匹原料，分散到群众家里保存。我们在山上转了半个月，当回到大崎山时，见到的是一片被敌人摧残的凄惨景象，心中不禁一阵难受。群众遭到敌人的蹂躏，个人财产受到了损失，而被服厂委托保存的物资，却是完好无缺。革命群众舍身为革命的高尚品质，多么难能可贵！

敌人越来越频繁地对黄冈地区进行"清剿",迫使被服厂不得不离开这里,1936 年冬,被服厂奉命转移到鄂东天台山区。我们住在背靠天台山面向罗山的一个深山沟里。这里是老苏区,也是无人区,山高林密,非常隐蔽。与被服厂住在一起的,有鄂东道委会及其领导的小被服厂,厂里有几个男同志和十来个女同志。这个被服厂很快就同我们合并,厂里男女工人分住在两个山沟,相距七八里地。男同志制好衣服后,送到女同志那里缝扣子。厂里人多了,分工较细了,工效也提高了。

　　由于山下一带驻有敌人,我们的住处必须隐蔽,每隔一个星期,就调换一个地方,进山出山,都要不留痕迹。记得进山时,恰值大雪纷飞,我们一边行路,一边用松枝扫除雪地上的脚印。厂里所需的布匹、棉线和扣子,一概由便衣队运来交给道委,再由道委派人送到被服厂。后来居然还弄来了一台缝纫机,我们如获至宝,从此产量有了很大提高,一天能生产二三十套单衣,土布的、咔叽的都有,只要红军队伍进入天台山,每人都可以领取一套。那次高敬亭政委带领手枪团来了,出山时每人都穿着一套崭新的军服。

　　1937 年 5 月,敌人在鄂豫皖地区发动了所谓 3 个月秘密"清剿",企图趁和平谈判之前一举消灭大别山的红军。面临险恶的形势,我们一面加紧生产,一面做好转移的准备。果然不久,七里坪的敌人大肆进攻鄂东道委,焚烧了道委住的一溜草房。被服厂的同志都跑进了深山,事先将几百套衣服和一些布匹藏进了石洞，使敌人一无所获，空手而回。

在敌人疯狂"清剿"之下，被服厂不能坚持正常生产了，我们放下剪刀、尺子，背起刺刀、枪杆，走上战场，组成两个战斗班，与当地的便衣队一起，投入了反"清剿"的斗争。

一天，下起毛毛雨，同志们饭后正在休息，我站在山头上放哨，突然一股敌人向我们进攻。由于雾大，开始并未发现，及至发觉，敌人已经逼近，下山报告敌情已来不及，我只得鸣枪报警。同志们听到枪声，很快做了转移，而敌人迎着枪声向我扑来。我急中生智，拔腿向悬崖边跑去，藏进一团葛藤下面。敌人到处搜索，嚓嚓的脚步声就从我身边响来响去，还听到他们气急败坏的谩骂声。这时我是连大气都不敢喘。敌人见不到人影，又钻进其他山林搜索去了。挨到天黑，我冒着大雨回到便衣队的驻地，见大家都安然无恙，都像久别重逢，拥抱在一起。

在敌人3个月秘密"清剿"期间，被服厂和部队、便衣队的同志一起经历了艰难曲折的斗争，终于粉碎了国民党反动派的阴谋。1937年7月，全面抗战爆发，我们在岳西同鄂豫皖边区"督办"卫立煌谈判达成协议。9月，红军部队到七里坪集中，被服厂也进驻七里坪附近的方家湾。被服厂很快扩大到9个班，拥有4台缝纫机。在部队奔赴皖东抗日前线的途中，我们被服厂先后在皖西双河大庙、舒城东港冲，为抗日战士赶制一批又一批军服。当我们看到身穿崭新灰色军装的指战员，迈着矫健的步伐，雄赳赳开赴抗日前方时，感到无比兴奋和自豪。多少年后，我仍认为这样的军装，是世界上最新最美的服装。

红二十八军的军需物资供给[*]

张　祥

红二十五军离开鄂豫皖边区后的一个时期，军需供应工作尚有一定的基础。那时，在根据地一些山洞里储备有一些粮食、布匹、药品和钱款。部队到后方可以得到医疗、休整和人力物力的补充，前线送来的伤病员可以得到及时收容治疗。后来，随着敌人的反复"清剿"、搜山，我军在后勤保障上越来越困难了。原来储存的物资一部分被用掉了，有的被敌人"清剿"去了。红军主力为粉碎敌人的"清剿"，部队化整为零，一般是以营为单位分散活动，到敌后去打游击，没有固定的地点，无法组织生产。根据地破坏严重，群众被敌人杀害，有的被抓走；群众生活难以维持，有的为谋生计逃到外地，进行就地筹措亦属不易。在此情况下，后方机关部队除通过便衣队在敌占区采购一些食品外，有时只能

---

* 本文节选自《红二十八军的后勤工作》，原标题为《军需物资供给情况》，收录时做了适当修改。

靠摘野菜、野果充饥。主力红军的物资来源主要靠取之于敌，以战养战。

当时红军部队中没有专门的后勤机构，而是在各级设几名负责经济、军需供给的专职人员。连有司务长，营、团有副官，连队还有经济委员会。只有红八十二师曾设经理部，1935 年 9 月设立，秋后撤销。部队打土豪没收的银圆，分给各级干部保管，行军打仗时背在身上，以备必要时使用。红军的枪支弹药，主要靠部队打仗时缴获敌人的武器弹药来补充。如 1935 年 6 月 13 日，我军于光山县解山铺西北部王园地区歼敌一〇九师六二七团，缴获步枪 500 余支，轻机枪 18 挺，迫击炮 2 门。此战之缴获，使我军的武器装备大为改善。其他军需物资的供给，则主要靠没收土豪、劣绅、资本家的财产来解决。部队打进一个城镇，经过调查，对土豪劣绅的财产和反动资本家开的商店，如布店、盐店、药店等，即行没收。缴获和没收来的物资，一部分留给部队自用，一部分送到后方，其余则救济当地贫苦群众。有些地区（如新县、广济、鹤落坪等地）还通过便衣队做敌军工作，从敌方购买子弹和枪支。

解决供给的另一个办法，是打土豪罚款。如黄冈便衣队在新洲城郊抓到当地有名的大土豪、敌军师长的父亲毛竹宇，一次就缴获 5 万元。在三年游击战争中，黄冈便衣队共上交主力红军十几万元，灵山便衣队也上交 2 万元，解决了主力红军的部分军需供应。

解决供给问题的辅助办法，是就地取材。例如住宿问题。三年游击战争的初期，苏区根据地还有残墙断壁的破房子，后方机关、伤病员和部队多住在这样的破房子里。后来，敌人搜山时见房子就烧，我们就砍树枝、竹子、茅草在山上搭棚子。随之敌人见草棚就烧，连草棚子也住不上，就找山洞住；夏天为防蚊虫，就在树上用树皮、枝条捆树枝当睡铺；冬天，用布单子搭篷子，弄些树叶、茅草铺盖在身上睡觉。部队到什么地方宿营，如有土豪劣绅，就利用他们的衣被过夜；没有这样的条件时，就向群众借用或购买稻草取暖。甚至在大雪纷飞、北风呼啸的夜晚，同志们背靠着背挤在一起互相取暖，熬过漫长的寒夜。当时，红军战士中流行着这样的歌谣："铺稻草，盖稻草，不是红军谁能受得了！"

在解决吃饭问题上，前方部队是打到哪里吃到哪里。部队到一个地方，如此地有地主，就在他家杀猪分粮做饭吃，走时每个人还背一袋子米；没有地主时，就用银圆向群众买点粮食吃，有时买不到粮食，就买几个南瓜煮煮吃。前方部队一般是以连为单位做饭，有时也以班、排为单位做饭。由于战斗频繁，随时都要准备行动，所以做饭时大家齐动手，往往一顿饭连做带吃不超过一小时。有时饭刚做好，敌人来了，只得挑着边走边打边吃。

穿衣问题，主要是靠缴获敌人的制服，打土豪时得来的衣服，和用没收的布匹自行制作来解决。如1936年2月，我军打下巴河敌人的军需仓库，每个指战员身上都穿了好几套并背了不少敌人的服装。当时红军主力部队的服装多是灰色和蓝色的制服，比较正规，后方工作人员是弄到什么穿什么，颜色、样式都不统一。当时由于行动频繁，弄布料和制作都很困难，加之为了轻装，在三年游击战争中，红军没有棉衣，冬天仅穿两件单衣或夹衣，由于行军作战频繁，为了轻装，即使有缴获的棉衣，指战员也不愿意穿。不发棉被，每人发一块小被单，有时用它铺，有时用它盖，雨天用来当雨衣。红军穿的鞋子，有的是群众做的；有的是用布跟群众换的，或用钱买的；有的是自己用线或布条打的布草鞋。没有袜子穿，冬天就用布把脚包起来。

在三年游击战争中，后方机关解决军需供应问题更为困难。后方用前方送来的钱款，委托便衣队通过地下党组织和基本群众到敌占区去购买生活用品和医药用品。便衣队的同志买到东西后，有时夜间送到山上来，有时通知后方的同志下山去背。后方的同志往往是太阳西沉时下山，趁夜进村，在老百姓家装好东西，天明之前匆匆离村返回山里。为了不被敌人发现、跟踪，夏秋季节走在后面的同志要把踏倒的野草扶起来；冬天要用树枝扫掉留在雪地上的脚印，有时甚至把鞋子倒过来穿着走路。在敌情不重的情况下，后方领导机关也组织武装分队和机关人员，外出到敌军驻防薄弱的地区去打粮。如1935年春天，黄安、罗山、经扶三县的便衣队和特务营，用里应外合的方法，一举将罗山县反动的九里十八寨的香炉寺攻破，狠狠打击了敌人，缴获了大批粮食和其他物资。攻破最反动的山寨以后，其他寨子的反动分子为之胆寒，有的连夜逃走，有的托人找便衣队联系，保证以后不再做坏事，并按时纳粮。根据这种情况，鄂东北道委制定了一项新政策，即以征粮部分代替打粮。

1935 年以后，各地的党组织和便衣队，陆续实行了这种革命的税收政策，即规定中、小地主按期缴纳一定数量的粮款，并保证不替敌人干坏事，我方则予以保护。这样做，既分化了敌人营垒，又保持了一定数量的钱粮来源。

在敌情严重、与便衣队失去联系时，后方的同志常常挨饿，唯一的办法就是在山上挖野菜、摘野果吃，甚至采树叶充饥，为了避免生火暴露目标，苦毛菜就用手揉一揉生吃。